天空之下

林目清 著

上海文艺出版社
Shanghai Literature & Art Publishing House

图书在版编目（ＣＩＰ）数据

天空之下 / 林目清著 . -- 上海：上海文艺出版社，
2023
　　ISBN 978-7-5321-8526-9

　　Ⅰ.①天… Ⅱ.①林… Ⅲ.①诗集－中国－当代
Ⅳ.① I227

　　中国版本图书馆 CIP 数据核字 (2022) 第 209504 号

发 行 人：毕　胜
策 划 人：杨　婷
责任编辑：李　平　程方洁
封面设计：悟阅文化
图文制作：悟阅文化

书　　名：天空之下
作　　者：林目清
出　　版：上海世纪出版集团　上海文艺出版社
地　　址：上海市闵行区号景路 159 弄 A 座 2 楼
发　　行：上海文艺出版社发行中心发行
　　　　　上海市闵行区号景路 159 弄 A 座 2 楼 206 室　201101　www.ewen.co
印　　刷：成都市兴雅致印务有限责任公司
开　　本：880 × 1230　1/32
印　　张：6
字　　数：120 千
印　　次：2023 年 1 月第 1 版　2023 年 1 月第 1 次印刷
I S B N：978-7-5321-8526-9
定　　价：75.00 元

告读者：如发现本书有质量问题请与印刷厂质量科联系　T：028-83181689

自 序

　　天空之下，昊天渺渺。夜深人静时，人们总喜欢仰望星空，我常在星空下思考人活着的意义。对于整个宇宙来说，人类的存在无关痛痒。但从宇宙用放大镜把人类放大，人类群体就成了一个庞大的存在，每个人的存在与活着就有了意义，因为每个人的生存状态事关整个人类的生存与存在。

　　我是一个乐于思考的人。闲时，每时每刻都在思考人与自然、人与宇宙、人与社会、人与世界、人与生活、人与人之间的关系。有时思考得很纠结，忧、喜、悲、乐、烦、苦、酸、甜等纠结一起，感到活着的迷茫，偶尔能看到迷茫里透射的一点点光芒。正因这种光芒的存在，才鼓起了我们人活着的勇气，有了这种勇气才有了在茫茫人海中去追求与打拼的动力，才有了众多仁人志士改天换地的决心，才有了用梦想去塑造我们理想中的世界与生活样式。这就是人类之所以存在下去的原动力和原始本真的意义所在。

　　世界是宽广的，人类是复杂的。由于不同的人种、不同的国家、不同的人类种族与种族历史和不同的国家与国家历史，以及不同个体的人自身的种种差别，造成了复杂的人类生存关系和生活关系。这种关系不断衍生矛盾和斗争乃至战争与杀戮。这些问题的存在，根源在于人对世界的认知、对社会的认知、对生活的认知、对人自我本身的认知的层次不同，或根源于人的观念、观点、思想层次和文化水平等一些世界观的不同。这样，自然造成人的个体和群体的生存状态呈现出高高低低、深深浅浅、千差万别的景观。天下一统，难求一致。正因为这样，才产生了文学艺术，其中当然也包括诗歌。文学艺术的存在，弥补了这种差异性的不足。我这一辈子，没什么本事，也没有什么擅长与特殊爱好，唯有诗歌，是我从少年开始就一直尊崇的东西。我用诗歌去表达我对这个世界的认知，表达我对这个世界存在中的人或说人类的认知，表达对人或人类生活以及他们所处的社会状况的认知。在表达认知的同时也表达了感叹、感悟、感想和脱离现实的梦想，有时思维跳出我们存在的世界到了天外，表达了我的宇宙观、超自然观之"妄想"。

我的诗歌，没有章法，随意性较强，或口语述说，或简单的哲理短句，或漫无边际的叙事。不管怎样的一种表达，每首诗都有它的内核或表达的点，不是空心萝卜或空心菜。大量的诗歌，多以农村题材或叫乡土题材为主，也有一些关于农村与城市相结合的东西。当然也有许多酒语与海阔天空、天马行空、异想天开的梦话、狂话和胡乱呓语。总之，把自己和人、人性与社会、酸甜苦辣咸与生活、自然与宇宙、国家与世界解析得"体无完肤、赤身裸体",但不能说淋漓尽致,淋漓尽致是一种高度。拙作,离之远矣。

宇宙浩然,世界奇妙。人之在世,能识其一点,知其之一,懂其微毫就足矣。我希望我的散漫诗歌能触汝心一动,有些许震荡就成了。如果能在你心灵的天空擦出一片火花或一线闪电,那可是大家的惊世之作,吾生求之与,不与矣!

(2022 年 3 月写于梅鹤家风·湖山居士陋室)

目　录

CONTENTS

有翅膀的灵物

天空之下

生命三要素

一个小屁孩的故事与我的童年

有翅膀的灵物

（写于 2018 年 3 至 9 月）

大公鸡

头顶一抹晨光
叫声灿烂得像太阳
一声"喔喔喔"
把天空与原野拉得高远
空旷且光亮

脚杆和脖颈的长度
加起来正好等于它的高傲
它步子高蹈，凌波踏浪
踩着风，踩着大地
踩着人们欣赏的目光
与惊叹

美丽与豪迈是这样被分享的
每个人都感到它
向自己走来
而这时，我已确认它就是
我前世仰慕的英雄

古人的佳句，正好
作为我对世界高昂的宣言
一个华丽的亮翅，腾空一跳
就可以让村庄震惊
让季节轮转，让日月更替
它飞上村中石凳的一刹那
时光一转动
一天的时间将被它
分为三步走了

一只鸟

一只鸟
落向自己的叫声
又从自己的叫声里飞起
那是回归与再生的一次演习

忧伤，或者受伤
那只鸟，都不能收拢翅膀
飞，是自己安全抵达的
唯一路径
天海苍茫
流浪，流浪，跟着流浪

背着无边的夜色
一只鸟，在冰冷的月牙上絮窝
冰洁的星，是自己梦里
唯一可啄食的食粮

回乡的小鸟

一只小鸟，在天空飞翔
显然，它已飞过一路风雨
返回故土，在此，重新落脚筑巢
飞落昔日老屋的窗台
它从外乡叼回的那根草棍
那么坚硬而殷实，掉落故乡的泥土
如柳枝，插入土地
足可以支起故乡的一个春天

它看着父老乡亲的望眼
感觉很骄傲，很幸福
它是一只从他乡
回归的一只小鸟
照亮了乡村的小路
父老乡亲看着它，钦佩，感动
大家纷纷涌来
那一阵轰动的脚步声
几乎把它扑棱棱惊飞

它是一只飞越时空
跋山涉水而来的小鸟
踩响了故乡的心跳
看它风尘仆仆的样子
父老乡亲的目光
泪珠一样，疼痛而温暖

飞进屋里的一只鸟或蝴蝶

其实，我的屋子
这也是一间小巢
一只鸟把它当作自己的巢
飞进来也可
就像那些苍蝇蚊子
是我这间屋子的常客

只是有很多它不理解的事物
它不理解这里的墙，为啥挡住阳光
窗为啥挡住风，以及
天花板为啥挡住天空
不理解桌、书籍和水杯
不理解门和门上的铁锁
它只是来来回回的惊飞尖叫
在一扇透明障碍物上扑腾
当然，它更不理解
我为何千方百计捕捉它
用双手把它捧到窗外

这时我看到

飞向天空的鸟才是一个人

留在屋里的我才是一只鸟

刚送走一只鸟儿

屋里又飞进一只蝴蝶

窗外的另一只蝴蝶在哭泣

这哭声，惊动了我初恋时的泪水

蒲公英

一生根植泥土深处
拼命长
想在高处捧出一颗颗心
全都长出要飞的翅膀

它似有两条命的人
土生土长的
命，根子很浅，菜色，微苦
单薄的，锯齿
无意敌对尘世，只是弱者
没具备防护与自卫的本能
最后掏出体内仅有的一小朵光亮
举过头顶
不想被忽略，只想最后飞翔
让世人惊叹

把自己另一条命
交给风，去漂泊，去流浪
不管前面阳光有多明亮

还是风雨飘摇
总是忘不了带一把小雨伞

它这有两条命的人

四月，翅膀爆开

月光谢幕
天黑，如墨写的汉字
我坐在一盏人造的光明里，试图把一首诗
翻译出亮色
四月的夜
一些事物风生水起
一些事物潜移默化
我的心跳，在窗外走着猫步
有雷声，隐约，等待闪电

一朵浪花，喂养一片大海
一双翅膀，喂养一片天空
在共振的高潮之上，花瓣与翅膀
对接春天
时光颠倒了，开始反旋
夕阳以升起的姿势照耀

四月，四处布满飞升的翅膀
滚滚而来的涛声与漫天飞来的翅膀

直接覆盖而来，它们让夜
在大地铺开一张，天大地大的床
期待，又一双翅膀
在大地爆开

你的声音是飞向我的翅膀

玉兰花，挂起一树喇叭
山桃枝，长出一个个粉红的小耳朵
流水无声，鸟儿不叫，月光轻飞
众神寂静，一场仪式啊！等待
春风吹来远方的雨
开过一遍梦的那朵花，再开出你的声音
花，是一棵树的翅膀
它飞了，飞向远方
花开的声音就是翅膀扇动的声音
树叶，是翅膀的影子
留下翅膀的念想
等候下一个季节来临

被挂念掏空的夜
像从梦里滚出来的铁皮空桶
放大一切，经过我的声音扩开
那里面囊括风的叹息，雨的叹息
花儿的叹息，以及
翅膀被打湿和羽毛掉落的声音

而让我不得安宁的却是
被一片月光，隔在远方
那里似有你的声音飞来
阵阵入耳

又见桃花开，爱你的翅膀在飞

桃子熟透了
接下来可能腐烂
如果你沿着这个桃子的路线
往回走，你会重新经历
甜蜜，酸软，青涩的过程
你就会退回一朵桃花
又见桃花开
粉红色，含着露，醉意微醺
一朵不够，就两朵，三朵
任意的，开成一片往事的样子

桃之夭夭啊！
这时候，你已收入成语的句子
然后翻身，打哈欠，蠢蠢欲动
从你那本旧词典里，破蛹而出
翩翩然，舞动起一个春天

此时，被风吹来的，风再吹一下
就落了

春天，给一个人只有一朵桃花的时光
还没来得及写出一首像样的诗
梦，说醒就醒了

走过春天
血液已被叶绿素感染
心早已穿越雪花飞舞的日子
在梦里，背上我少年时折叠的
那对蝴蝶的翅膀
忍不住，扇动了一下，两下，无数下

我用自己的奔跑，走出春天
制造一场风，放飞一片落叶
和我一起飞，学着蝴蝶飞舞的美
再抽出一根月牙的游丝
牵起三月到五月
走出这个无人认领的春天

何时能抵达今年的秋天
我借用往年秋天蜻蜓的翅膀
像风筝一样翱翔
我用一根视线牵着
看它在天空飞高，飞远
最怕的是天太黑，风太大太猛
让翅膀误撞太空陨石，把翅膀折断

还是借用一根深秋月光牵着吧
收近它，让我被缠成茧子
放远它，让我只剩下那
缠线的骨棒

发芽，翅膀展开

发芽，是想飞的翅膀
决计要狠命飞出泥土来
飞出泥土的翅膀，会自我染绿
绿，好似会传染
一探头，就绿得收不回去了
像一本书，刚打开一页
就绿透到了下一页
风一吹，一本书就全绿了

雷声助威
绿色的雨，一场接一场
我打喷嚏，咳嗽，发高烧
因为缺一声鸟鸣，感冒发作
让我发不了芽
压抑着，高烧不退

我无奈伸出一片去年的落叶
而你伸出的是一枝刚开的桃花
握手，也难以打通彼此的血脉

鸟鸣在高处，花香在高处，梦在高处
踩着唐诗宋词里的春
我怎么也勾不着你的春天

翅膀归来

说一声归
世上的鸟儿都往回飞
我是飞在最前面的那只
最后那只，也是我

弯月是一张拉满的弓
月光是一根拉断的弦
飞在最前面的那只，是一支箭
瞄准的是一颗心
飞在最后的是一只笨鸟
它还放不下的，是一个寻了一生的
一个方程没解出的根

把私藏的月光都还给月亮吧
残缺的月亮会复原吗
如果不够，就把晒干的自己
还给火焰，再把火焰
注入月光里冷却，还给月亮的缺
从而藏进人间一生的暖

太阳一个接一个落进黑夜
圆月掉肉似的，瘦成月牙
它们不疼，疼的是一去不返的时光
大雁，是逃跑还是逼近
惶惶的叫声落下来，也不疼
疼的是
那个被叫声砸伤了额头一生不归的人

更何况，那一片片飘落的叶子
叶子不疼
疼的是佝偻着秋风里的那棵老树
它托不住太多的爱
像飞不动了的飞机
逼降自己的翅膀

今天我坐飞机回故乡

心悬着，随即心已展开了翅膀
此时，我乘坐的飞机
也把自己悬了起来
此时，整个儿一切成了悬而未决的事物

切入机场，心石落地
轻或重，都收拢了翅膀
留下一个很悬的历程被时空封闭
成为无法回溯探险的悬念
比如与大气的摩擦，或与大地的碰撞
粉身碎骨，或有惊无险

着落于地，弓下腰
捡起故乡的一片落叶
看看这被秋风刚折落的翅膀
此时，身子似比秋风矮了一截
人行道上，清扫落叶的人
扫把，是支撑他的唯一工具
扫落叶的人，似在扫他这生无法飞出的心

秋风的效率很高
树枝一摇，摇落了所有的翅膀
一群乌鸦不甘地噪叫着
叫声落满了那清扫落叶的人刚扫净的地方
随着扫落叶的人把自己一生连同那叫声
纷纷扫进了故乡的黄昏

雪，冰冷的翅膀

白到失血，战栗，冷
白到骨头，零度以下的坚硬
从开始到结束，一场雪
一场暗疾丛生的雪，就是全部过程
冰冷的白，崩溃
落成雪花飘飘
一群冰冷的翅膀，纷纷跌落

忽悠掉过去，纸质的病历
已经揉皱，发黄
无限接近月光
因那场雪，让堆在我枕头上的雪人
梦外寒冷，梦里受暖
滴下诗句
又化作透亮的冰凌，悬挂于空

如同一条冻河的两岸
用咀嚼的牙齿，向中间咬合
封锁流水，这既是结冰的过程

也是伤口愈合的过程
坚守，望断一切繁华与风云
难得一次冰到极点的相合

落下来的雪，是种在冬天的嫩芽
雪，在空中飘，用一种舞蹈语言
叙说脱胎换骨的超然与美妙
鸟儿争吵着解说
雪，雪落无声，对寒冷
只字不提

雪晶银亮，这冬天的嫩芽
在季节之外，正萌动另一季
洁白而又温暖的
日子

天空之下

（写于 2019 年 6 月—2020 年 12 月）

孤　寂

孤寂，是一废弃的池塘
生出许多浮游物，把水面覆盖
水质黏稠，各种游虫拥挤
水草探不出头来，水面上飞行物穿梭

我的孤寂，时而有风袭来
破开水面，伸出一朵莲花
像生命伸出一只手，在呼救
许多过去的爱恋纷纷冒泡，抢吸氧气

天下雨了，孤寂打破平静
心中最强的思念，随雨花长出
沿着雨丝爬上了天空，天空超重，沉得更低
思念呈闪电炸开，心上人，丽容在云空突现

时光在画我们

时光在泼洒墨水
春天这一幅幅画刚刚画完晾干
又要准备怎么画夏天了
时光的宏大杰作
如果有谁能把它们挂起来或摄下来
——保存
季节就不要轮转了

画家死了
画还在
人间拍卖的是画家的画
我想请时光从逝去的岁月里
找回画我童年的那一幅幅画
送给时光去拍卖
买下它画我后半生的版权

时光，每时每刻都在画我们
我们也在画时光
时光一回头，我们就一瞬都不见

我们无法带走什么

我们活在时光画我们的画里

今　夜

今夜两只青蛙
朝着前面的光亮在蹦跶
它们一前一后
都蹦跶到了高铁站
一只青蛙跳到了姑娘的行李箱
跟着姑娘上了高铁
另一只青蛙来不及跳
高铁门关闭
不知高铁开向何处

今夜两个人
一前一后，在人行道上行走
走着，走着
一个人在交叉路口不见了
另一个人在下一个拐弯处
也不见了
空荡的街道，舔着虚空的灯光
吞咽着最后的动静
夜，虚脱成空

今夜一棵树上的两片叶子
同时飘落
一片飘落在河岸上
另一片飘落在河面上
我看到河面下
一条鱼在欢快地游动
我看到天上一颗流星划过天空
它们都发出同一种声音
这声音，现在我们还无法破译

今夜，还有许多的秘密
我来不及观察，了解与思索
它们在天明前
都已经消失

小　村

风从树叶上蹲下来
从草叶上蹲下来
一切归于平静
平静地，看鸡鸭进笼
看星星跑出来

一天的生活收拢来
扎紧，藏进夜色
灯亮了
生活开始反刍
生活的残涎喂饱了
猪牛猫狗，还有哭鼻涕的狗娃
月亮催眠，进入梦乡

隔壁家的鸟在树杈上
絮窝
当月光抚摸到窝的深处
灯，熄了

一片叶子

掉了一片树叶
树叶在寻找我的年龄
我的年龄在我的根部
一天天爬上树去

我把愿望长出来
又掉下去
这是一件痛苦的事情
我只有扎深根
让愿望重生

蚯蚓在开挖地道
蝉蛹就依在我根尖
生命都在自己的身外延伸
尽管我无法破译它
其中的密码原理

晨 曲

远处有歌声
时断时续从对岸传来
像一块瓦砾跳跃着水波而来
击中了我的心跳

歌声是干净的
河水过滤了昨天的尘世
喂给水下不懂尘世的鱼
清波微澜的水
荡漾着一个安静的秋
展示今天的秋，还在继续

晨起打鱼的人
把今天的太阳捞出水面
震碎了一江的翠玉
水下的天，碎了
水上的天，腾空而起
湛蓝，湛蓝

桃　树

桃树，个儿不大
每长上一节
节骨眼都是黏稠的痛苦
黝黑驳杂嶙峋的身体
全是艰难的表情

看到春天来了
心怕春天来了，又走了
冒着寒风
急忙苦撑出花苞
胆怯地在寒战中开放

一年好不容易鲜艳一次
来不及欣赏自己的美丽
青春已随风飘过
留下的
……

你的美丽伴我今生

上一次山茶花开时
你还在土里
这一次
你随杜鹃花开时蹦出的鸟鸣声
一同降生在我窗前
破土而出的你，长成毛竹
这毛竹，是我前生的伴
在窗外要守着我今生

青青的竹叶摇晃
似在把我催眠
我看到了，我和你在一起
飞动在桃树上的样子
多少桃花因你的美丽
纷纷凋落

大山深处有人家

大山深处有人家
这是一块地
不大不小
没有人知晓
方或圆
都是生命寻找去向的地方

大山，我们都在大山的
一条小溪里出生
没有这里的小
只有这里的大
没有这里小的大
何来这里大的小
和水生的你

清水下
一条鱼游得那么美好
让人觉得一口就可以吞下
隔着水波，她是幻影

不在我爱你的世界
这里一个小，不留意
偷渡成大的海

从高山而生
你是水，滴成天上的云
水化云，你能飘到何方？
为了你，我用山峰当旗帜
只是唤你回家

有一种爱还在

有一种爱还在
已埋了很久
土里土气，长在墙缝
长在檐沟，长在门角
盼你，望你，等你回来

许多东西都消失了
只有藏在老屋里的还在
这个世界盛不下太多的久远
盛不下陈旧与古朴
只有山林的深处
仍躲着我童年的世界

鸟儿都飞到城里学了美声
回来都成了"大衣哥"
只有蛙鸣是真切的
咕咕，咕咕的声音长满了青苔
只有泉鸣是纯洁的
每一滴泉水

都从大山心底过滤，涌出
让一种美好深藏
保存了亿万年的清新

这里的风是防腐剂
守在这里
这里的一切总保持原貌
堵住外面风的吹入
让这里所有的珍藏都成为
最美的文物

我坐在小溪边的石头上
望着山上的石头
想着老屋门前的青石板
感觉无尽的时间波流，一下
从我心空穿过

画　你

我曾用我的望眼画你
画你成望眼
我曾用我的梦画你
画你成梦
我曾用我的泪水画你
画你成泪水

画你，望眼里有你留给我的笑脸
画你，梦里有你送给我的一本书
画你，泪水里有你我第一次见面后的合影
以及我写给你的一直没寄出的每一封信

画你，只是一个念想
画你，只是消磨我的想
画你，只是把时间画走
画你，只是把痛画开裂口
让心流尽淤血

画你，只是把心留下

留给时间，留给岁月
留给人间不逝的青春

高粱与九爷

高粱有着和九爷样的个性
从田野的稻禾里搬出来
在山岗上安家
高粱的祖籍和九爷一样
流着北方粗犷高大憨厚的血
喜欢在恶劣的环境中长出自己的彪悍

九爷是祖奶奶带大的最后一个娃崽
九爷的亲爹孤身一人带着九爷来咱家打长工
一口气不来就倒在了院子的大门口
托孤时对祖奶奶说
俺孩子像俺老家的高粱
您老尽管放心养

九爷不负所望
风风顺顺的长成远近有名的彪形大汉
挑担犁铧上山下地的农活无人能及
十八岁就从祖奶奶家分出去
用扁担在山腰上硬性担出一个新地基盖了房

昨天九爷最小的一个孙子告诉我九爷死了
是他买了奥迪车的第二天死的
死那天早晨起来搞了晨练
同往常一样喝了一杯高粱酒吃了一碗米饭
脸色红亮声如洪钟招来小狗陪他在竹椅上躺下
这一躺就不再起来

九爷的家族如今已是一个比咱家族还大的村庄
大大小小的洋楼别墅走出来的子孙们
把送葬的队伍排得老长
山洪暴发一样的锣鼓鞭炮声把天震裂
一个九十九岁的九爷就这样像一株高粱一样
永远倒在了咱老家山岗的坳上
像一个铆钉，钉住了
土地最深处的痛

生命三要素

（写于 2017 年 12 月—2018 年 8 月）

阳　光

1

我病了
阳光抚摸我的头
看我是否高烧
接着拉开我的眼皮看我的瞳孔
看我是否还有救
我病得不轻
但又一时半会儿死不了
然后抚摸我的脸我的手
为我祛寒

一束阳光抓住我的脉管一搓
针刺下去
给我打点滴
另一束阳光刺进我的衣服
在我的每块肌肉进行针灸
我的身体各机构各部门各单位开始发热
然后开始冷静

接受新指令，传输到每一个神经末梢
顿觉全身轻松
开始舒坦

我病了
这只是一次病毒性感冒
我下次还会病的
不知它会用什么方法再次给我治疗
阳光疗法
它能治好癌症吗
树木花草正在试验
我们已看到冬天刚送走死亡
春天一来，阳光照耀
一切都又在起死回生
我看到了阳光是一服良药

2

我问小草
是什么养大的
怎么这么小
小草说：不知道呢

我问树
是什么养大的

怎么这么高大
树说：我是自己慢慢长大的

我问地里的高粱、小麦、稻禾
是什么养大的
怎么老是结那么些果
它们都说是阳光给养大的
结了果是为了放下包袱休息

它们究竟什么是什么养大的呢
风无言，阳光无言
大地无言，泥土也无言
我只看到太阳
地球上所有的生命
都在嗷嗷待哺
它们吸食着阳光
群情激动
满心喜悦的样子
让风挠手顿足地，吃醋

我望着太阳
想起了养育我的母亲

3

阳光，我的恋人
没了阳光
我真受不了
阴天是我失恋的时候
雨天是我爱到低谷
哭诉得成人样的时候
这时有谁能懂我
给我一个臂膀
让我感受一点温暖
接通你的体温

爱恋的时候总是很短暂
尤其是梅雨季节
一直让我郁闷难忍
我渴望那春天刚刚来临的时候
阳光给我洗澡
一个蒸汽浴
祛除整个一个冬的寒气
让我毛发勃起
毛孔开放
精神抖擞

夏天是我和阳光热恋的时候

阳光的爱太执拗

我躲在树荫里

阳光从树叶子的缝隙里挑逗我

让我紧张得热汗淋漓

我跳进河里

阳光潜入水里狠命地抓挠我的肌体

即使藏在空调房里

它透过玻璃窗挠痒我的心胸

也让我心慌意乱

我和阳光在秋天缠绵

我喜欢秋天阳光的宁静

阳光喜欢我的诚实

阳光安抚我的无所作为

我的无言教会了阳光去思考

我们手牵手

偷偷在月亮里旅游

我们肩并肩

在田野里舒心郊游

四处都留下我们吻过的痕迹

冬天阳光回了娘家

仅留给我没有温度的嘱咐

要我自立自信坚强

没有她照样要坚持活着

说什么爱不在朝朝暮暮

送我雪花飘飘

那是给我最美的祝福

即使冰天雪地

那也是她一颗纯洁的心

为封住我在孤独里不可逾越的爱的防线

阳光就这样爱我

老是掌控我

她不给我自由

老让我给她自由

我无可奈何

因为我失去她就会死亡

她失去我

照样活着

因为她并不是为我的爱而存在

而我只是她无限爱中的一份责任

在茫茫的宇宙

阳光生命无限

我的生命只是一瞬

阳光和我相爱

只是爱怜我们这些短暂生命的一瞬经过

让我们感受到短暂生命存在的意义

让我们找到自己活着和开心快乐的理由

4

阳光总是亏待我
我是草时，总是在低处
树克扣了你，见你时总缺少温度
我是鱼时，生活在水底
水克扣了你，见你时你已变了模样
我是蚯蚓时，生活在泥土
泥土克扣了你，见你时你已成黑影

有什么办法呢
我只能变成蚂蚁
爬往每一个没有把你遮挡的地方
我只能祈求自己能有一块空阔地
在那里，我要生活在草尖上
我要站在树叶子上
我要趴在云端上
让我第一个迎接你
让我第一个拥抱你
让我第一个亲吻你

你说这样可能吗
在这个哄抢阳光的世界
会让我肆意放纵自己的梦想吗

太阳并没有歧视
阳光本是公正的
我只能攀爬
只能投机取巧
只能钻空子
只能拼抢在有可能透出阳光的
每一处缝隙

阳光，我的最爱
想亲近你是多么的不容易
亲近你
需要高度
亲近你
需要机遇
亲近你
需要位置
亲近你
需要我对你的执着与不懈的追求

5

太阳是个老渔翁
一直在天河里垂钓
清晨，垂钩撒下来
一个个鱼就上钩了

先钩出我的女儿在上学路上跑
再钩出我的老婆在上班路上奔
阳光的丝线拉扯着我
钩子勾着我的鼻子痒痒的
我不想起床啊
也不想吃什么
随太阳怎样
我睡我的觉呢

太阳很有耐心
钓我到中午
终于有点饿了，我咬住了阳光
阳光从床上把我拉起
放我在街上找食
这时我看到我昨夜放走的梦在天上飞
我拼命追着梦在跑
……

风

1

你看到风了吗
你能看到风吗
风是人世间最灵性的动物
风一动，世界就在动
风一停，世界歇息

我不曾想风会是什么
我只想感觉风，老是在我左右想做什么
在我的鼻孔和张开的口里穿行
呼呼地响
守护我的呼吸

我拥有这一股小小的风
它从我的生命里诞生
从小它从我嘴里跑出来，给我带来很多欢乐
帮我吹口哨，吹口琴，吹笛子，吹唢呐
这风后来跑到天空和地上去了

它变成一个为我开心而无所不能的东西
风的柔指能为我弹奏各种乐器
风的嘴唇能用各种器皿吹出音乐来
一片叶子，一株小草，一根树枝
都是它最拿手的乐器
在田野，在树林，在草原，在高山
在河边的芦苇丛，在池塘，在湖泊
在海洋，在我所望的风景里
都有它演奏给我的乐曲

有风真好，风让在我音乐中长大
我们的世界就像一个交响乐团
我看到风正吹奏一片叶子在为我歌唱
叶子慢慢飘落
忽而，像一个老掉的音符
躺在地上歇息
风丢下它就走了，又回到了树上
吹奏另一片刚爆芽的叶子
风发现我一个痴呆的样子
立即把我吹奏
从我的衣服开始吹起
然后吹到我的头发，手指，耳朵
直到我的每一块肌肉
风从我的每一根毛发里透出最美的音乐
那是多么动听而神秘，不可思议

回想小时候
家乡的禾苗，风能吹奏出稻谷
家乡的果树，风能吹奏出果子
风能把奶奶吹奏出童谣与故事来
风能把老木屋吹倒，把油灯吹灭
让我做不了家庭作业
后来把我的裤子吹破
吹破我的鞋子露出脚丫
吹痛我的脚丫长出冻疮
那不是音乐了，那是刺骨的刀
我搞不懂，风有时变得那么狠，像魔鬼
当风它吹出桃花、油菜花、树叶子时
我又开心地原谅了它

还有，家乡那棵不能开花的老槐树
后来被风吹奏出花来
然后立即风被吹倒了，让人不解
有人切开老槐树
发现老槐树的心被吹空了
露出它上百年的年轮印记和风的吻印
每个印都有血痕
风，仍在吹奏它的尸体
不知是证明它是风难以舍弃的古老乐器
还是证明它是因风，愿让自己成为乐器

此时我看到另一股风

在吹奏前面的一个老人
老人一摇一拐往前走
被风吹着吹着
就没了

2

风，无处不在
举手投足，风都在
我不想动
风在动

季节在变换
我知道这些都是风的把戏
风一回头
季节就变了
风一变，一切都在变
我的穿着也改变
我想让风走

风，想主宰我的一切
我想逃脱或出走，远离纠缠的风
不轻易乱吹我
即使要吹我，也没有针对我的意思
我想风，在哪儿都有足够的自由

我期望陌生的风
能把我的一切所想所愿从我心底里吹出来

有时我们被莫名的爱炙烤
有时我们被莫名的爱烦恼
有时太阳也在用丢失爱的风烦我们
搞恶作剧，让我们受不了
有谁知此时的风却突然成了我的最爱
来吧，来解决我的危局
突然懂我的风，它不怕一切
为我吹吧，任你疯狂吧
不吹到我疯狂
风，请你不要停下来

我想过一个女人
她从风中来
但她只是我的一个相好
她还没有进驻我呼吸的胸膛
风，请你不要煽情，曲解我的意思
我知道你吹着她
快把她送到我胸口，我接受了
但你不要这么急
我正在打扫我住的庭院

风就这样来了
说来就来，从不顾我们的感受

它从门缝从每一个缺陷处吹来
风一边吹打我，一边安慰你
探测我的温度
把握你的脉搏
试探或考察我还能活多久
为你在寻找生命的方向
其实我永远会活着
只要我们的爱不死

3

我说不爱你了
你一阵风追过来
疯狂嘶喊
你的追赶太猛烈
以至于掀起沙尘暴
让一个城市在雾霾里窒息

我说我怎么会不爱你
你一扭屁股转身就跑，扬长而去
我一阵风追过去
我的追赶，一跛一跛，跌在小溪口
以至于小溪断流
造成一时禾田干旱

我不知道你走时有风做伴
我也不知道
我走时有风跟着我
风在我们身边竟然想隐藏什么
有那么多的秘密吗
风，缠着我和你
在阴暗处
让我们犯下不可饶恕的罪孽

今天，我不说爱你
你也不说爱我
风不作声
静静静
你瞧着我，我瞧着你
不知往何处走

一切在沉闷
静静静
忽而乌云骤起
电闪雷鸣
风，旋转，轰然炸开
一股旋流
腾空而起

此时
山崩地裂

海啸汹涌
摧枯拉朽
乾坤挪移
天昏地暗

4

风在哪里
风正在潜伏着
风的常态是忍与静
风来了，世界动了
说明肯定有事情发生
究竟会发生什么
你可以从它的温度与轻柔去感知
从它的来路与去向去预测
你顺风而去
你发现世界一切都在幸福中改变

风很神秘
需要我们的真心与善良去感受
感受它的七情六欲
感受它的爱恨情仇
感受它对世界的认知与看法
感受它对生活的理解与诠释
感受它对一切生命价值的评判与主张

感受它内心的痛楚与辛酸
感受它对自我主张的纠结与无奈
感受它对生命生死的歌赞与悲泣

风，富有博大的情怀和丰富的情感
因为它真正的接地气
风源于它对世间冷暖的敏锐感知
无时不在出发，无时不在行动
时常火急火燎地奔忙
它像母亲的叨唠，恋人的爱语，父亲的教诲
时而细语絮叨，时而缠绵悱恻，时而严词呵斥

风，世界运转的气息
我们看天看云
日月星辰
都在为风的不辞劳苦
落下泪滴

5

风，刮到你了吗
这一次风席卷了整个大江南北
哦，你在睡觉
没刮到你
哦，睡觉好

睡觉能躲过许多意外与风险
不用看到一夜冰封，江河凝噎
或江河横流，房屋倾塌的事情

想起刮风
就想起小时候的冬天
风，老刮痛我的脸和手指
老刮破我家的窗纸，刮灭油灯
深夜呜呜的风钻进我的被窝
刺醒我的梦
拉扯着缩成一团的我
想把我拉出去，冰冻我

想起刮风
就想起许多突发事件
就想起一些心惊胆战的事情
想起那些风风火火的年月

风，总是在刮着
它总想刮到一些什么
就像老鼠总喜欢磨牙
不管自己能不能吃到东西
刮倒了什么，刮伤了什么，刮破了什么
刮走了什么，刮死了什么，刮碎了什么
无论是本意还是恶意
它总在扇动，总在猛刮

风，是一种神经病发作
我们无法掌控
它的目的就是要不断刮
刮得你不得安宁
我期望它能为我刮一个风云奇剧
把我卷走，到云端
让世界顿时得到改变

6

昨夜你听到风声了吗
像一曲动人的琴曲在催我入眠
风，那么柔情
仿佛整个世界
今夜都在同时做同样的事情

我常在深夜无眠
我的爱常在深夜勃起没有安抚
无法找到爱所需要的武器
我常想在夜里听风的声音
在夜里肆无忌惮给我带来各种信息
我常想听这种声音感动一颗心在为我疼痛
和我一起彻夜失眠
夜里的风，是一股被人遗落的情感

无法皈依

我要去寻找风
迎着风的到来
有了风，最痛苦的我也总是感到很惬意
我知道你也在寻找风
风，根植我和你的气息
通过风可以感应到你我内心的信息
你我的心率，总在风中传递
让你去聆听
让我去体会

我常想着有一天
风来了
我站在一片旷野里遥望
遥望那个远方的你从风中来
风吹着你
由远而近
迎我而来
然后风把我俩包围
任风裹挟，狠命地吹

吹着吹着
让你化成了风
吹得我的每一个毛孔都竖起来吮吸你的爱
这样，把我也化成了风

让我感觉你的每一个毛孔也竖起来吮吸我的爱
由此我俩成一股风缠绕在一起，于旷野旋转
绞成一股猛烈的旋涡
纠集着圈圈旋动的音符呼啸着
在天地间莽撞，传扬

风，它是一种爱的痛
总是从受伤者的伤口吹来
风，它是一种爱不平衡的纠结
总是从痴情者痴呆的目光里吹来
风，在爱的冷却里停歇
从爱的复活里重生
在暖里疯狂而迷失，不能自拔
在冷里震颤而慌乱，急觅怀抱
我们渴望风，也担忧风
因为风的存在
总会让我们的爱改变方向

7

风，从哪里来
风是海洋生物吗
风又一次
从南海岸东海岸登陆
海水腾起高高的水柱

像高高腾起的音乐喷泉
为声势浩大的风
启程高歌

风，势不可挡地向内陆进发
以要把整个中国包围之势
席卷 960 万平方公里
太阳一下被风刮没了
不知掉进了哪个旮旯里
乌云趁势作乱
倾吐自己内心的龌龊
洗劫城市乡野

反抗是群情激奋的
高楼庭宇，农舍村庄
高山大树，旷野草木
奋起抵抗
反抗者尽管最后四处尸横遍野
但万里群山揽天宇雄力
最终扼住风的咽喉
千里草原
举万刃最终割断风的脖颈

风，瘫软
一抖一抖，死了
死在它蹂躏过的每一寸土地

葬在它糟蹋过的每一处山野沟壑
不死的肌肉仍在湖泊水坑痉挛
江河小溪鼓动着大地暴涨的脉管
清理一切龌龊之气
气血慢慢复原的大地
终于在晕眩中醒来
像产床上躺着的产妇
开始匀称地呼吸

天，这时
抱出一个血淋淋的金蛙
在天庭
洋洋得意，满脸灿烂地
招摇过市

8

昨夜风把一滴露珠
骗到一朵花上
赖在花蕊里不肯离去
用叶子舀一把阳光
注入露水
露水化作云烟，飘去
花儿醒来
舔舐着阳光的针脚

风，不无吃醋地走了
藏进行人的脚步里

尘土，在路上飞扬
风让它们总是无法安定
那不是风故意这么做
因为总有车轮脚步和翅膀在驱赶着风
此时风，其实它很想停下来
抚摸路边的树枝、叶子、小草
感受一些生命安定下来的愉悦
也感受它们不能远行的无奈
它们拉扯着风
总有说不完的话语

河水在奔流
哗哗的声响开出浪花
风追着河水往上赶
它要寻找河水快乐的源头
许多无法实现的愿望都沉积在河水里
不再能见天日
但正是这些沉积铺就了河水奔涌向前的路
快乐，是追寻者的动力
它并不浮游在表面
它埋在河的根底，在巨浪中涌现

风在森林里总是迷路

在迷茫中总是呼号
它爬上山冈才能找到自己的方向
许多鸟的翅膀在为它护航
鸟儿在哪里安巢
风就在哪儿露宿
它一生独身
只为世界传播生命的动力与爱的声音
向远方转达
那些只能深埋心底的秘密

爱总有怨言
风知道
事情总有不圆满
风知道
人生总有缺憾
风知道
人情总有冷暖
风知道

9

文化是一棵树
汉字是这棵树结出的种子
风一吹
汉字播下来

在人间
汉字又长出文化
新文化是老文化的儿子
子子孙孙
无穷尽

我用一个个汉字
播下去
长出一棵棵树一株株小草
树一行行
成了诗
草一块块
也成了诗
树的诗高亢有志向
草的诗婉约有真情
风把这些诗谱上曲
在不停地演奏

云是什么
那是飘荡的音符
阳光是什么
那是吉他的琴弦
掉下的音符成为小溪
汇聚一起成了江河
它们去哪里
去海洋参加合唱团

没有掉下的音符去了哪里

风来了
站在风中的我
被风看上了
风把我当成它在时间里的印记
风一吹
把我种在时间里
一天长出一个字
一月长出一行诗
一年长出一段诗
一生长出一首诗
诗中总长不出一个标点符号
让我停顿或思考

没有标点符号
一首诗无法依靠
我只是一首不成句段的诗
最后化为尘埃
总在天空飘浮

10

我醉了
醉在河边的柳树下

醉在梦里
风一吹，醒了
梦，不见了
梦落进风的衣兜里
梦里有我的理想
有我许多美好的东西
有我大学时代最爱的恋人
就这样，都被风兜走了

我要去寻找我的梦
我总想睡去
可是不喝酒
我怎么睡
即使睡去
如果什么梦也没有呢
酒，我的最爱，我爱你
我要亲你，吻你

于是就这样
我又喝醉了
这一次我醉在小区的桃树下，板凳上
梦，马上来了
风，知道了
围绕我的梦在旋转
梦，绕在一个光圈里
光圈里有城堡

城堡里有街市
街市里有酒馆

我坚持不醒
风，很无奈
它无法再抢走我的梦
我梦到了我曾经所有的梦
一个梦比一个梦艰难
一个梦在另一个梦里挣脱
一个个梦像一个个圈套
我不醒来
梦逃脱，就没了边界
梦只好在梦里挣扎

为了让我醒来
风，急得疯了
钻进了我的肚子喝酒
想把我肚子里的酒全都吸出来
酒在我的肚子里逃窜
逃进了五脏六腑
从我的血管撞进了肌肉钻入了骨髓
最后从每一个细胞钻出了毛孔，逃出来
风，紧追而出
风，立即醉倒
风，此时的呼吸
飘满了酒香

待我醒来，我刚好睡在香格里拉的一座木屋里

在泸沽湖上的一条溪边

雨　水

1

雨，从天上一掉下地就成了水
水说，好不容易落了地
怎么又想往天上飞呢？
太阳有魔法吗？
怎么一见着它
心就扑哧扑哧跳
身不由己地随它上天去

一心老想飞
一直没个固定着落
飞得太久，心就茫然
一旦想家
就在梦里，噼里啪啦
从天上掉下来

水，飞升成雾，成云
是因为水有做不完的梦

梦掉下来，就打回原形
而还有许多东西的飞升
飞升后就回不去了
譬如，一片叶子从根飞升到枝头
一旦落下，就再也回不到枝头了

雨，只是一个梦的失落
是水太多的思念飘上了天空
它不曾想要经历云的浪漫
最终因玩不过风的嘲弄而回归
回归的过程很痛苦
是一颗心一点一点的撕裂
一滴一滴，坠下来

如今的世界总让人心浮气躁
太多的诱惑已成心魔
总想有另一个天堂能慰藉心灵
总想有更多的自由能释放自己
总想美景就在高处
总想更好的生活
就在远处

追求，从爬上一颗芽孢开始
爱，从自己升腾成云彩开始
梦，随欲望在天空蔓延
暑去寒来

一颗追逐的心
总也摆脱不了人间凡尘
在无法安定中浮沉

我不知道天，原来有那么高
也不知道太阳，离我有多远
我只是想拥有一个温暖的怀抱
我只是想让爱我的风，吹我
把我吹得更高，能看得更远
可谁知现实离我的想法
会有那么远

欲望总无限
梦，总种植在天
执着的追求
终会让一颗心
在天空炸开闪电
落下无数无法追溯的爱恋

2

牢骚满腹，怨气升腾
然后就是忧郁症
久而久之，忧郁症就成癌症
让太阳去化疗

化解只是瞬间

我是水，本来很纯真
沾染了世俗和尘埃
需要去天空让太阳化疗成云彩
如果不按规则出牌
我就再也成不了真正的水
更成不了溪水、河水、湖水、海水
只能成为沟水、池水、塘水、污水
甚至于成了地沟油水

其实我并不想轰轰烈烈闹出动静
我最大的愿望想成为茶水
宁静中增加生活的品位
我第二个愿望是想成为酒水
喜怒哀乐在酒水中释怀
在酒气中化为泡沫，五颜六色
柔一点，软一点
缝补生活中的干裂，感受生活的醇美

平淡一点，水就是水，不要成为汽水
无须云的风光，就不会成为泪水
即使化作彩虹
又怎能保持不变的完美
潜入泥土，埋在沙丘
让一棵树、一株小草充满生机

也是一种光彩

水很普通
普通得人人都熟视无睹
有时简单得别人送你一杯水并不在意
一旦口渴无水，一旦干旱无水
才知道所有的生命离不开水
做水看似容易，实即太难，太累
为生命难，为生命累

我想成为池塘里的一潭死水
做梦都不想睡醒
我想成为溪水
在森林里和鸟儿花草一起嬉戏
我想成为一滴露水
在荷叶上荡悠，在花蕊里享受
我不想成为地下水
与污垢为伍，在黑暗中陈腐

我的愿望，是永远隐居土地深处
郁闷时从草叶中爬出观日出
无聊时在一棵树里游来游去
晚上爬上枝头来看月出
我想像星星一样，晶亮晶亮
潜在幽深处
裸着晶莹剔透的身体

我想成为口沫甩出的一个飞吻
吻住你的开心
我想成为你的口水
被你咽来咽去
我想成为你的体液
霸占你的身体直到你死

3

世界为何有水
因为世界有爱

你爱了，柔情似水
爱，本没有错
爱，但总生误解
现在道路都有管制，房间都有监控
但你还是担心爱会错轨
自己的爱，一下错成别人的爱

你怨恨宇宙有那么多的摄像头
闪闪发光
却都与监控无关
可你不知道，上帝没那么无聊
上帝不知道人间的爱会生污秽

上帝安置一切闪光的东西

人间的爱，老是纠结
让你不能自拔
你不知道真爱在云层以上
它不需要纠结
一切都是欲望与世俗胡搞惹的祸
你看到彩虹吗
真爱需要超凡脱俗

水，守着自己的贞节
自己不知不觉爱了
不知道自己进入任何生命的躯体
都会怀孕
水，总想超凡脱俗

你把世上的事上传下达
也是为了忽悠一种安定的需要

我爱你
是因为我心里有个水做的你
我背叛你
是因为我心里的水已化作云雨
我要改变世界，不中太阳玩弄水的诡计
我要找到我的所爱和未来
不要因月亮在水中的假意而误解

爱，要真爱，就要守着一坨土不分离
理解水，就像理解你
因为是水，心里总有痛
总会因自己的不慎一时做成了雨

4

父亲死那年
一场暴雨，雷电交加
撕心裂肺的雨，下了好久
结果，风摧折了村头的那棵大树
洪水洗劫了田野所有的庄稼

树是爷爷的爷爷栽种的
慢慢长成了村子的旗帜和地标
树一倒下，村子很失落
从此村子像身体失去了水
没了生气

今年清明节回家乡
母亲又给我讲述当年那场雨
讲着讲着，母亲哭了，我也哭了
我感觉那场雨还一直下着
这些雨渗着母亲的泪水还在养活着村子

我来到坟山上找寻父亲的坟
父亲死在那场雨里
父亲坟的旁边躺满了其他同伴
他们也都是死在某场雨里后
被一一安葬在这里

人生都会面临许多场雨
在雨中总有一些亲人会死去
他们的尸骨
慢慢堆积成土地的骨头
让土地无法被雨水摧毁

一个个坟包
一包包中草药
安定死者的灵魂
不断为生者
治疗痛苦与悲伤

一场雨，有时
意味着许多生命在顷刻中死去
地上的水就像一堆堆死去的尸体
或葬于泥土或葬于江河湖海
或盛殓于树木花草，或随时间流走

我在父亲的碑前默默伫立
周围的草木

甩掉了那些不谙世事的风，在伫立
阳光，热烈地照下来
像上帝滚烫的泪水

5

一个女人
时而是水，时而是雨
一个向另一个倾诉
一场雨打在一个的心里
让一个为另一个分享难受
一个安慰一个
就像口渴时别人递来一杯矿泉水
喝下去，觉得很舒服

一个人在自己的梅雨季节里
总有许多与自己过不去
从而在心里滋生许多不好的东西
这些东西会渐生霉点
长出湿气
贻害身体

爱，总有忧伤
情，总会有郁结的时候
一棵树划伤后

总会流出汁液
汁液终会结痂

爱，是一种灌溉
情，是灌溉中的水流
水流总会有堵塞
堵塞生痛
疼痛难忍，即生泪水

每一个人都有一块湿地
来制造气候变化，让情绪波动
你在湿地种草，我在湿地养鱼
就会生出阳光与氧气
只要保持这块湿地不会生出恶气
爱到云雾处
就不必伤心成雨

6

太阳下
稀稀散散的云
突然一滴雨打在我的脸上
我望着天环顾四周
寻找雨打来的方向
这时有风吹过来

似在说
这只是一个游戏

可我觉得这不是一滴简单的雨
这滴雨让我感觉到我前世的温度
像是我前世一滴汗水
从我前世的血液中挤出
提前为我去打探我的来生
看来它没有获得任何有价值的信息
今天似看到我的来生终于来了
迫不及待地想进入我的身体

一滴雨
从无数的生命体经历了无数的时代
替我们记录了我们死亡后的许多事情
我们从死亡到重生
这中间经历的时间
多则几千年，少则几百年
它像孤魂野鬼
一直在人间游弋

今天它遇上了我
就是遇上了它的主人
人间沧桑它都知
它想进入我的体内重新化为我的生命
但生命轮回

还不到它回归的时辰
今天的偶遇
只能表达它的拳拳之心

我的前世真身
前世的前世的真身
还留存有许多这样一滴雨的东西里
在尘世浮沉
不知在哪一个来生
才能归到我的真身
一切已尘埃落定
它们想为我标新立异的实现远古梦想
但已找不到给我一个
独一无二的位置来命名的来生

7

一滴水
从天空落下
它是雨
一滴水
从母亲的眼中挤出
它就成了母亲的眼泪
有谁知道它真正的内涵与重量
又有谁知道它的真正质量是多少

又有谁知道它需要多少生活的磨难与苦痛
才能制造出这样一滴眼泪
它需要多少爱和怎样的爱
才能让它变得那么沉重而内涵丰富

今天是父亲的忌日
母亲看着父亲的画像
一直在哭泣
母亲再看着我们
泪水早已模糊了双眼
一滴水，它来自地球生命的源头
一滴眼泪，它来自人类爱诞生的时候
生命的传承
需要记住每一滴水的恩情
人类的传承
需要一滴眼泪记住对另一滴眼泪的感恩

望着母亲的眼泪
我双眼也挤满眼泪
眼泪相望
映照出了一个充满恩情的世界
母亲的眼泪
那是母亲替父亲移交给这个世界
最后闪亮的生命
那是母亲替父亲留给我们
最后的遗产

母亲满脸沟壑，肢体干枯如山谷
她要为父亲坚持到挤出她最后一滴眼泪
才肯离开我们这个缺泪的世界

人世沧桑
欲海茫茫
我们从一滴水来
为一滴泪而去
天上，一滴雨
落
下
地上，一滴水
流
淌
生命，生生不息

8

太阳不是浴霸
月亮也不是水龙头
一个连着动脉，一个连着静脉

那些星星
不属于我们
属于另一个世界

它们喂养的对象
不属于我们这个时空

一个小屁孩的故事与我的童年

岩　鹰

一只母鸡带着一窝鸡崽在田间刨食
母鸡啄着一条又一条蚯蚓
咯咯咯、咯咯咯地叫着
引导鸡崽啄食
鸡崽们还没吃完
母鸡又刨出一条又一条蚯蚓
边啄，边咯咯咯地叫着

鸡崽们正吃得欢，还有抢食的
突然一片阴影斜射下来
闪电般，一闪而过
一只鸡崽倏然不见
母鸡仰头一望，见一只岩鹰
脚爪抓着鸡崽正往山上飞
另一只岩鹰还在天空盘旋

这时鸡崽们一片慌乱
母鸡伸展开翅膀，围着鸡崽转动着
大声叫喊：咯咯咯，咯咯咯！

田间地头做工的人们
见到鹰影闪过，发现了这个突发事件
大家都在高喊：哦嗬！哦嗬！
岩鹰叼鸡崽啰！

小屁孩答应母亲今天看鸡崽的
可他此时正在和晴姑娘玩泥巴
突然听到叫喊声
一下惊慌起来
岩鹰叼鸡崽了，怎么得了，怎么得了
一边跺脚，一边瞪着惊恐的眼

等小屁孩缓过神来
鹰在前面的山上只剩下一个细影子了
只见他手拿一根棍子
一边哭喊，一边在田埂上奔跑
往鹰飞的方向
箭一样追去

可一切已晚
待母亲听到熟悉的哭声赶来
小屁孩已摔在田边的水沟里爬不起来
哭声已嘶哑。母亲见他可怜兮兮的样子
想骂又骂不出来，相反眼角爬出了眼泪
母亲仰天一望
吐出一声气：嗨……你个哈宝崽

唉，田野上，一只母鸡
刚啄开的世界
连同它的快乐
就被夺走了

（2020 年 3 月 1 日于老家田垄）

小母鸡

昨夜一只小母鸡
跑进别人家的鸡笼，关了一夜
一只大鸡公一早飞出来
红着脸在屋前禾坪上
一声声"喔喔喔，喔喔喔"地叫唤
吵醒的村里人
一个个打着哈欠走出门
扛着锄头上工了

母鸡们
照常带着鸡崽们在地上啄食
那只昨夜走错笼的小母鸡
懵懵懂懂从别人家的鸡笼里跑出来
不声不响，迅速跑回自家屋门前
低着头，佯装啄食的样子

大公鸡跑过去，单脚独立
微展翅膀，咯咯咯，咯咯咯
嬉皮笑脸，做出令人讨厌的样子

围着小母鸡转着圈
像一坨疑团，煞有介事的
在围攻一个心有余悸的懵懂世界

一只狗
趴在门槛边一直盯着看
这时小屁孩揉着眼睛从屋里走出来
好奇地看着大公鸡在炫舞
小母鸡突然身体一矮
箭一样跑到小屁孩的屁股后
马上蹲下来
大公鸡突然一愣，这猝不及防之举
让它始料不及

小屁孩走到狗身边
摸摸狗的头，"老黑，老黑
我们一起扯猪草去"
小母鸡一直跟着小屁孩屁股走
大公鸡蠢蠢欲动
狗，朝大公鸡"汪汪汪"
狠狠地叫了两下

公鸡很无奈
转身，漫步到池塘边上
朝着高高升起的太阳
喔喔喔，喔喔喔

喔喔喔，喔喔喔
声嘶力竭地叫着

（2020 年 3 月 2 日于老家楼上走廊）

牛打架

人们都在枞树山里刨草皮
突然前面草坪上有孩子们在叫喊
牛打架了，牛打架了！
马上伴着有孩子们喊叫中的哭声
队长急了
立即叫了几个劳动力赶过去

两头公水牛正在鏖战
像拔河一样，一股对等的力量
顶过去，又顶过来
草地上的牛脚印已划开了许多新土
一头牛的牛角尖
正戳着另一头牛的眼珠子
好像眼珠子快要掉下来了
眼角正在流血
两个孩子手足无措，张开大口在哭嚎
一个是小屁孩，一个是晴姑娘
他们是这牛的主人
其他孩子，惊讶地围观着

分两派站在一起
大喊，加油，加油！

队长，急忙上阵
大喝一声：上！按住牛头，扳开牛角
四个壮劳动力，说时迟那时快
一股脑儿冲上去了
他们也分两派，鼓红了脸腮
拼死搏斗，用力，加油！
加油，用力！
僵持了好几分钟
各自使出蛮力，牛头终于扳开了
两头牛，两派壮力，都挺直腰
傲着头，呼着粗气

不远处
一头母水牛，一直站在那
眼睛盯着这场战争到结束
她一直很平静
这时"哞哞"叫了一声，便低头吃草去了
不知是什么暗号
一头公水牛不紧不慢跟了过去
另一头公水牛还一动不动傻站在那儿
抬着头，望着天空的云
眼皮一眨一眨，眼里注满了泪水
从眼角慢慢流下来

一滴，一滴
掉在草尖上

队长大喝一声，吃饱了撑的
大家都散了
队长叫那几个壮劳动力
把牛都牵回去
犁村屋门前的那片温冬田

回归田野
田野才是牛们
安身立命之地

（2020 年 3 月 5 日于老家后山）

讨春的狗

两只狗结缘已定

突然，被小屁孩发现
谁家的狗
竟这么大胆欺负到咱家的狗娘
小屁孩迅猛地举着棍棒追打
追得两狗在路上横着跑
跑不动，一棍挨着一棍
打得嗷嗷叫

大家听声都围拢来了
一村子人围观，笑闹着看把戏
还有一群屁孩们，在大声呼喊
小屁孩已追到田埂上
两只狗从田埂高坎上摔下来
在水田里打滚
小屁孩跳下去，又是一棍
打在狗头上

"哈宝崽，别打啦！"
小屁孩母亲在大喊
小屁孩没听到，还在追
一个男人，手握一竹枝也追过去
"看我不打死你！毁了秧苗"
小屁孩父亲出马了

小屁孩望着凶神恶煞的身影
向自己赴来
小屁孩一愣，急了
爬上田埂，飞跑
两只狗抬头一望，更吓坏了

没等小屁孩父亲追过来
狗娘已跳上田埂，怯怯地
走到小屁孩父亲的裤脚边
另一只狗与小屁孩都在田埂飞奔
一下，没了踪影

大家一声"哟呵"
一个个嘻嘻哈哈，散了
此时，天空聚拢的云也散开了
一弯彩虹飞挂天空
两只新燕从秧田里衔着泥

叽叽咕咕
欢快地飞进了小屁孩家的屋檐下

（2020 年 3 月 7 日于老家田垄散步中）

捅了马蜂窝

盛夏，山上的枞树叶
黄了，像一根根金丝，直刺天空
它们在刺杀太阳，刺杀云朵
红了的，掉下来，在地上铺成红毯
迎接一群又一群蚂蚁的盛会
远远望去
青绿中透着金黄

今天小屁孩和同伴们一起上山捞叶
地上的叶被大家哄抢，捞完了
装叶的工具还没有塞满
小屁孩猫一样爬上树
在枞树枝上捋叶子
一不小心，头一伸
把头上挂的马蜂窝顶了下来

受惊的马蜂，像遇到地震
全部出动，寻找罪魁祸首
见人就叮，刺杀每一个疑点

小屁孩与所有的同伴们都被刺中了
脸上，嘴上，脖子上，耳朵窝
一个个红包，迅速肿起来
疼痛难忍

听大人说母乳可以消肿
大家纷纷哭喊着跑去找母亲
母亲在田地里干活
整个劳动场景立即变成一场拯救行动
所有的母亲都蹲下来为孩子们挤奶
天空下，在一片哭闹声里欢腾
男人们趁机都坐在田埂上歇休
抽烟的抽烟，喝水的喝水
还有背个面就大小便的

队长见此乱象，发怒了
是谁捅了马蜂窝？给我站出来！
照这样，双抢还要搞吗？
孩子们异口同声：
是你儿子捅的马蜂窝
全场一阵哄笑

小屁孩躲在母亲屁股后
不敢吐粗气
像躲避一场核爆炸后冲击波的袭击
队长无可奈何地等待

这场马蜂与母乳抗战的结束

夏天，是一个忙乱的季节
田间地头
到处都在打仗

（2020 年 3 月 9 日于老家虎山大土坳）

抢　食

母猪生崽了
全家人喜庆
母亲要我们几姊妹都去扯猪草
说要给母猪打三天牙祭
犒劳家里的英雄！

母亲剁了一堆猪草，煮了一锅饭
撮一簸箕细糖
倒一锑桶温开水
用食棒搅拌，搅成一大盆猪食
热气腾腾，像堆起一座山头
母亲父亲双手把这山头抬进猪栏里

猪像饿鬼一样猛吃猛唷
猪头一啄一啄的
呱唧作响，节奏频急
香气扑鼻
许多香气
从满是孔眼的猪栏屋顶上钻出去

满村张扬

这时跟在母亲屁股后的鸡
飞进猪栏里了，狗也跳进去了
鸭进不了，被猪栏挡在外面
"嘎嘎嘎嘎"仰着头叫
猫在牛栏架上蹲着
时而"喵喵"地发声，眼睛发着绿光
十多头猪崽子也嗷嗷叫着凑热闹
一些四面八方闻香赶来的麻雀
扑腾着，围吃

飞的飞，跳的跳，叫的叫
合奏着狼吞虎咽的节奏
你一口，我一口，各自争抢的吃态
像向敌人的一个山头不断地发起冲锋
爸爸在一边守着
用嘴巴在抗议
妈妈在一边看着
用手势驱赶各方来犯之敌

一切无法阻挡，徒劳无功
但猪娘终究还是独占鳌头
小屁孩也站在母亲后边在围观
眼睛一眨一眨，嘴巴一噏一噏
流着口水

猪娘吃得欢，小屁孩心里急
眼看快要吃完了
小屁孩哭了
他刚昨天生日才吃了一个鸡蛋
还没吃上米饭哩

不到5分钟工夫，猪食吃完了
盆底都舔光了
母亲把食盆拿出来，放在猪栏边
鸡狗鸟都散了
父亲嘴角抿着微笑，高兴地走了
母亲急急忙忙走到茅厕去了

这时小屁孩发现猪栏里
几粒米饭在发光
偷偷爬进猪栏里
刚捡吃了一粒米饭
就被猪发现了，猪冲过来
一嘴巴撬起，把小屁孩撬了出来
甩进了隔壁的牛栏里

小屁孩哭喊声震天
母亲急忙奔过去
从牛栏里抱出了小屁孩
还好，牛是躺下的
在一边反刍，磨牙

没被牛脚踩死

母亲抱着失魂落魄的小屁孩
走到堂屋里坐下
一边拍着小屁孩的腰背
一边说：宝宝宝，不哭不哭
妈妈晚上给你煮米饭
小屁孩哭声戛然而止

天已黑了
妈妈出工还没回来
小屁孩坐在门槛上望着远方的夜空
繁星点点
多像粒粒米饭

小屁孩笑了，田间蛙虫和鸣
小屁孩倚着门框
盯着星星
慢慢地睡觉了

（2020 年 3 月 11 日于老家旧屋）

放　羊

小屁孩对母亲说："今天我不去放羊
昨天我和羊吵了一架，它不肯吃草
偷吃了别人家菜地里的蒜薹和韭菜"
看来小山羊让小屁孩生气了

小屁孩的羊不在草原
就在江南的农家小院
就一只小山羊，比黔驴还丑
是父亲从雪峰山上牵过来的
它很温顺，和小屁孩一下成为好朋友
小屁孩常常午休陪它们睡觉
睡在羊圈里

小屁孩在羊圈里老做梦
梦见自己赶着羊群、马群、牛群、驴群
在天空跑
它们在蓝蓝的天空不吃草
专吃星星和月亮
直到太阳燃起了篝火

唱着歌儿，跳完舞
才往回家方向跑

家里有只羊多好啊
小屁孩妹妹对母亲说
她愿意去放羊
哥哥不去，她去
她说经常做梦都梦见羊了
羊时而变成梦里的白云
逗她往很远很远的地方跑
时而变成梦里的白雪公主
还给她好多的糖果吃

母亲叫妹妹放羊去
妹妹挥鞭朝小屁孩说
从此羊是她的了
小屁孩，让你在家继续去做梦吧
小屁孩瞅着小妹妹，心里有点懊恼
羊时而回过头，"哞哞"叫一声
叫的小屁孩心里怪痒痒的

小屁孩不甘心，冲上去
抢了妹妹的赶羊鞭
说："梦是我的，羊是我的
你别想抢我的"
妹妹并不气恼

妹妹嘴角露出诡秘的一笑
让人觉得此时时光里流动的生命
是如此的生动与美妙

小屁孩看到妹妹在后面
老跟着自己屁股跑
小屁孩笑了
羊，"哞哞哞"，也笑了
大家一路小跑着
上了村后的山岗

太阳挂在山上
仰后拔着土地里刚挤出的青草尖
尽可能把草拉长一点
够得上羊的舌头能割到草
小屁孩躺在地上
看到快乐的妹妹和羊
就想起梦里的云朵
他能驾着梦里的云朵去天边，去远方

（2020 年 3 月 17 日于老家屋门口）

叫天子

麦子熟了
鸟们乐坏了
叫天子是一个疯狂的家伙
垂直飞上云霄，高唱着：
"上天去，上天去，味死，味死……"

当叫天子飞到眼睛看不见的时候
突然断了气
径直坠下来，落在麦丛里
声音戛然而止，不见其踪影
等不到一分钟
刚喘过气来的叫天子，又突然箭一样飞升
直达云霄
高唱着："上天去，上天去
味死，味死……"
猛然又坠下来

小屁孩看着这个游戏乐坏了
真吓人的心跳

还吓到了小屁孩的哥们
哥们不停地循声追赶
但谁也追赶不到叫天子
大家把整个麦地糟蹋得一塌糊涂

小屁孩第一个被队长发现了
并听到了大家的喊叫声
连忙奔跑着追过来
举着拳头，高喊着：
"豆仔鬼，豆仔鬼，看我怎么捶死你们"
大家像叫天子一样趴在麦丛里
小屁孩一动不动
队长找不到他的踪影

由于队长的重大行动
叫天子静默了很久
僵持了半个时辰，叫天子耐不住了
又飞出来
高唱："上天去，上天去
味死，味死……"
又直冲云霄
又不声不响径直坠下
比雨滴掉下来还轻，还快
像游乐园里的海豚
蹿一下，在天空
嗖一下，就不见

叫天子欢乐的表演在继续

太阳渐渐升上了头顶

刺花了大家仰头望天的眼

叫天子终于累了

队长也累了

快熬不住了

骂骂咧咧，走了

小屁孩，"咕咕"一笑

大家一下都轻松了

这时大家开始蹲在麦地里扯猪草

突然，一个人发现了叫天子的巢

接着小屁孩也发现了一个

接着其他人也都发现了

运气都不错

巢里堆满一窝麻麻点点的卵蛋

大家兴奋地把蛋塞进衣兜里

当猪草已塞满了竹篮

大家从麦地迅速撤退

猫一样潜入枞树林里

大家纷纷搬石头造土灶

捡牛粪，捞枞叶，折干树枝搞烧烤

泥屁股朝天，呈跳蛙状

嘴巴吹风，火苗旺旺

一时间，青烟袅袅
腾空起舞，蛋香蔓延山中
笑闹声，惊动了树林里那些
正在开拔去四处战天斗地的蚂蚁族群
小屁孩朝蚂蚁族群撒了一泡尿
接着忙不迭的，剥着烤熟的鸟蛋

（2020年3月20日于老家丛山冈散步）

抓星星

今晚天空晴朗
星星们都下凡来了
有的变成小露珠，在草丛里玩
有的变成小鱼儿在小溪里进行马拉松长跑
有的掉在池塘里的浅水滩变成鲇滑鱼和黄鳝
在静听蛙鼓声
剩下的都变成田垄里的泥鳅
趴在田埂边上，在乘凉
月亮像探照灯
一直在探寻它们的下落

小屁孩的二哥弄了个
文艺宣传队用过的大灯笼
拿了个铁砸器
叫上小屁孩和妹妹，说今晚专抓小泥鳅
这个砸器小巧，砸头是一排铁针刺
砸下去，泥鳅肉身
就全部穿在刺里头不能动弹
再滑溜也逃脱不了

今晚小屁孩受到二哥器重，兴奋不已
带着妹妹跟着二哥屁股
从村边小池塘出发
灯笼一照，就发现了一个鲇滑鱼
大家好兴奋，二哥手指一指：嘘……
大家静下来，眼睛圆圆地盯着看
二哥猛一砸下去，鲇滑鱼在冲动
二哥的手在抖
小屁孩连忙抢下二哥手上的灯笼
二哥腾出手来
摸下去，按住，一条鲇滑鱼抓上来了
哇！这么大！大家一声欢呼
二哥把鲇滑鱼塞进背篓里
呀！乐死人了
没拿灯笼的二哥手脚灵泛了
紧接着又砸到两条大黄鳝
估计这两条鳝鱼正在度蜜月
那么呆，是在赏月吧

一会儿，来到了小溪边
溪水有点大，水是混浊的
二哥瞄了很久
似乎突然发现了什么
二哥猛地把小屁孩手上的灯笼抢了去
定睛一看，猛地砸下去

一抬手，哇！砸到了一个大鲫鱼
腰身和尾巴还在拼命蹦闪

二哥本不想在溪里砸鱼的
主要还是去田垄里砸泥鳅的
只是路过碰一下运气
果然有了意外收获
小妹妹拍着手
高兴得差点跳了起来
小屁孩嘟噜："我抓过的鱼比这大多了
什么大惊小怪的"

走了一段小路终于到了田垄
今晚田垄里水很清
水下之物，一目了然
先走到一个水口子边
二哥一挥手，大家停下来
二哥把灯笼递给小屁孩
小屁孩按指令把灯笼往下一照
只见水口子下面，清亮一片
哇！那么多泥鳅都趴在那儿
它们静静埋伏着，嘴巴翕动着
二哥瞄了好久
不知从哪根泥鳅开砸
迟疑了片刻，觉得还是从身边开始吧
二哥一砸一条，像鸡啄米

大家从砸器上取下来
取都取不赢
忙得不亦乐乎
不到 10 分钟，背篓装满了

二哥，把腰弹了起来，喘口气
叹了一声：嗨……
算了，大家回家吧，明晚再来
二哥话刚说完
天空突然霹雳一声，接着噼里啪啦
开始下雨了
小屁孩举着灯笼走在最前面
二哥背起妹妹跟着，仓皇往家逃奔
拼命冲锋，惊落一路草尖上的露珠

小屁孩跑得太快
二哥摸黑跟不上来
突然听到后面姊妹们在大喊：
"小哥哥，我们摔倒溪里去了！"
小屁孩马上跑回来，二哥站在溪里
把妹妹抱在溪边
把背篓取下来一看
蒙了，泥鳅全都倒溪里了
只剩下篓子底下的鲇滑鱼鲫鱼和两条黄鳝
二哥做个鬼脸，舌头伸出口，一缩
小屁孩呼出一口懊气：嗨……

妹妹在"咯咯"地笑

老天在开玩笑,雷声大雨点小
没几分钟,雨就停了
小屁孩的懊恼气还没消完
天空突然又明亮起来
满天星光灿烂
变成泥鳅的星星们似又回到了天空
瞪着小屁孩,在偷偷笑呢

(2020 年 3 月 23 日于老家茶山坳水库月光下)

捉神仙

盛夏的夜晚
神仙们下凡了
天上街市，人间天堂
呈现在每一个村落

满天的萤火虫，一闪一闪
翩翩起舞，像一个个小神仙
不知它们从天上来
还是从地狱逃出？
让人间变得梦幻般欢快

小屁孩这群追赶萤火虫的队伍
从村里追到村外
从田垄追到山岗
把捕捉到的一个又一个萤火虫
装进自己的玻璃瓶里

神仙一个个被捉进了瓶里之后
小屁孩从荧光闪闪的玻璃瓶

看到了那抓不着的星空
一下已握在了自己的手心
觉得很神奇
心里有说不出的快乐与欣喜

萤火虫不停地飞呀飞
大家不停地追呀追
捉到一个跑了两个
像一片浮动的星空不停地在眼前飘
仿佛大家都已上了天堂

小屁孩的妹妹追的一群萤火虫
飞到了池塘里去了
只看天不看地的妹妹
扑通一声
掉进了池塘

一声撕天的哭叫
震惊了大家
小屁孩闻声赶去
放下手里装萤火虫的瓶子
飞鱼一样跳进池塘，呛了几口水
狼命把妹妹推到了池塘边
等大人赶来才把妹妹拉上来

浑身湿透的妹妹一喘过气

就哭喊着："我的萤火虫，我的萤火虫
我的萤火虫不见了
我要我的萤火虫"
小屁孩连忙把自己装满萤火虫的瓶子
递给了妹妹

这时母亲骂骂咧咧
心急火燎地赶来了
把小屁孩训斥一顿
迅速把妹妹抱起往家走
边走边对小屁孩说："只顾自己，不顾妹妹
看你爸开会回来怎么收拾你"
小屁孩郁闷了一下
不一会儿就嬉皮笑脸，做鬼脸

过了不久，小屁孩这群捉神仙的队伍
一个个被自己家的父母召了回去
浑身湿漉漉的小屁孩，独自坐在池塘边
看着眼前的萤火虫还在满天飞
有的飞向天，有的飞向地
飞上飞下，似在牵引他一样

哈哈，不管怎么样
奶奶说，上天能做神仙
入地只能做妖孽
小屁孩，突然想到了奶奶

管他，今晚回去和奶奶睡
在奶奶的怀里做个好梦
在奶奶的怀里做个快乐的小神仙

小屁孩悄悄地，去找奶奶了
又一个神仙欢乐的夜晚
静下来
静下来
在夜空里，闪动着萤火
闪动着荧光
慢慢飘逝

（2020 年 3 月 26 日，于老家后山月色下）

鼻涕王

小屁孩是一个鼻涕王
因偷吃家里的花生种
这次又被打出了家门
一把鼻涕，一把泪
左手一抹，右手一抹
抹得脸上像刮了一层鼻涕胶

小屁孩——鼻涕王
流着鼻涕走在小溪边
用脚狠狠地踩踏小草
"踩死你，踩死你"
从溪边捡了石子狠狠扔
走到后山上捡了坚果
用弹弓打树上的鸟
"打死你，打死你，哼！"

小屁孩——鼻涕王
在山坡上坐了下来
看身边的蚂蚁好忙的

天空之下
TIANKONG
ZHIXIA

它们是在搬家还是在架桥修路
一只蚂蚁扛着一根小木棍
另一只背了一只死虫子
还有两只在滚动一坨牛屎球
它们像修金字塔，都干着巨人的活

前面蹦来了一只（牛罩鸡）蚂蚱
像大龙虾，也像现在的推土机
时而飞，时而跳的样子
很生猛
眼看快到小屁孩鼻涕王跟前
小屁孩——鼻涕王
像一只青蛙一样
翘起屁股一蹦跶，扑上去
蚂蚱被双手抓在了手心

小屁孩——鼻涕王
一只手捏住蚂蚱的长腿
一只手敲打着蚂蚱的翅膀
嘚瑟地欣赏着自己的战利品
咧开嘴笑开了，鼻涕马上流了出来
形成两条长长的鼻溪在倾泻
正好落入还没换好门牙的嘴里

小屁孩——鼻涕王
算彻底地开心了

扔掉快死的蚂蚱
一路哼着歌
来到了剁脑鬼小李子家的屋后面
见有一棵枇杷树上结满了枇杷
黄黄的枇杷，触动了肚子里的饿痨鬼虫
小屁孩——鼻涕王，说时迟，那是快
一溜烟爬上了树

树在动，枇杷果在摇摆
突然有人在大喊：
"捉贼古子啦！捉贼古子啦！
谁敢偷我家的枇杷，我就打死谁！"
小屁孩——鼻涕王，吓得转身就跑
从树上掉了下来

小屁孩——鼻涕王
像猫一样掉在地上
啪的一声后，一点没事
迅即爬起来，抱着一个枇杷果
飞也似地跑了
跑进麦子地，消失得无影无踪

（2020 年 4 月 1 日于老家旧屋门前）

梦

小屁孩又做梦了
这次做梦
梦见了老人，蒲公英花和一群小孩

一群小孩在山地上奔跑
他们在追赶，在嬉闹
一群老人在孩子中间
像一棵棵枯乐叶银杏树
孩子们的身影围绕这些树在转动

突然一阵风吹来
一团团白絮迎风飘舞
一下漫满天空
那是山地上的蒲公英花开了
它们抢了风的翅膀在飞
想逗这群孩子们开心

蒲公英花
是这块土地上的最美公主

它常怀土地飞的梦想
一心想着飞
要实现土地飞的最大心愿
蒲公英花飞啊，飞
在证明蒲公英内心飞的志向

一个鼻涕小孩
多像鼻涕王——小屁孩他自己
手里牵着一个氢气球
跟着大家在奔跑
看到每个人手里都抓着蒲公英花
鼻涕小孩也想去抓
奔跑过去抓天空中飘飞的蒲公英花
急了，不经意松开了牵氢气球的手
氢气球一下就飞走了
飞上了高空

鼻涕小孩回过头来一看
氢气球不见了
蒲公英花也没抓着
氢气球哪去了？
鼻涕小孩哭声大作
响得山外都听得见
奶奶听到哭声，看看孩子
往天空一望
只看到天空一只鸟儿在飞

鸟儿飞着，飞着，也不见了
奶奶笑了

奶奶在笑
其他孩子们也在笑
笑闹声在天空回响
这时其他许多孩子抓了许多蒲公英花
给了鼻涕小孩
鼻涕小孩终于不哭了
接着也笑了
笑着跟着大家一起跑

大家笑着，乐着，跑着
正如一朵朵飘飞的蒲公英花
在山上，在天空，在梦中
在爱做梦的小屁孩的眼中

（2020 年 4 月 24 日于老家老屋门前看晚霞）

逃学记

小屁孩昨天自习课和张猛子
教室里打翻板
被假装上厕所的味癞子举报
班主任突然冲进教室，被逮个正着
班主任把翻板全缴了
小屁孩很伤心
这些翻板，他偷了哥哥三本书
花了三天三夜才结成的
一共二十多块纸板
还没玩几次就这样没了

小屁孩为了报复班主任
今天决定不上学
快九点了，假装背着书包上学去
走到前面的山路口，跨过一条小溪
就拐进了一片树林子里
林子中间许多草垛
他扒开一个草垛钻了进去
啊！好地方，正好睡一觉

心想这是多好的一个捉迷藏打野仗的地方啊
于是他谋划着下次怎么在这
指挥一场《渡江侦察记》
小屁孩想着想着真的睡觉了
他梦见了班主任拿着教棍在找他
梦见了父亲拿着扁担咬牙切齿地在喊他：
"你个猪崽子，你在哪儿，你给我滚出来"
梦见母亲在呼唤他的小名：
"宝崽啊！哪去了？天都黑了
快回来吃饭啦！"

迷迷糊糊，也不知睡了多久了
朦胧中他感觉有一种冰冷的东西
从裤腿里冷冷爬上来
又从肚皮冷冷穿过腋窝下
想用手去摸，手动弹不得
像被人按住似的
接着头上有东西窸窸窣窣地响着
他也懒得去理
反正全身想怎么动都动弹不得
他冥冥中感到惊恐
他满目狰狞，拼命地挣扎着
但都毫无作用

"打蛇啦！打蛇啦！这里有蛇！
还有一个大老鼠，大家快来呀！"

是一个女人在惊吓中呼喊
原来是一个妇女主任
在草垛旁小便，发现了紧急军情
一下几个陌生的劳动力赶来了
他们有的拿扁担，有的拿锄头
朝着妇女指的方向奔来
"老鼠跑了，蛇还在这趴着"
妇女主任像猪八戒请来了孙大圣打杀白骨精
一下兴奋得不得已

啊！真的一条大蛇
有碗口大哩！打，打，打
几个男人忙活着……
可能是大家太紧张，老是打不中
蛇，一下钻进小屁孩睡觉的草垛里去了
怎么办？一个劳动力提议
翻开草垛，一定要把这条大蛇打死
煮了大家一起吃
说时迟那时快，一下把草垛翻开了

啊！竟然露出一个睡觉的小男孩
那条大蛇正蜷缩在男孩的两腿间
大家都目瞪口呆，全蒙了
睡死的小屁孩在这个大阵势下
总算惊醒了
莫名其妙地看到眼前的一切

慌忙爬起来

往脚下一看，一条大蛇

尖叫一声，飞也似的饱了

这么多人围着一条蛇

蛇是打死了，被那些人提走了

可像大老鼠一样溜走的小屁孩

可不得了

受到如此惊吓，又出了丑

实在让人难堪

也无脸见江东父老

小屁孩惊魂未定两三天

心想逃学逃不得

只有老老实实上学才太平

那天班主任有事请了假不在学校

也没人过问他逃学的事

他对谁也没说

一直是个谜

（2020 年 5 月 1 日于洞口县图书馆）

养蚕记

养蚕是孩子们春天最大的乐事
春天来了，花开了，嫩叶子爆出来
桑叶也跟着一伙儿探头探脑
从一根根小枝丫冒出来
桑叶长得欢，像春姑娘的脸
等着养蚕人来采摘

在这个大西南丘陵地区
养蚕不是产业
在这里一个个小小村庄的孩子们都养蚕
养蚕纯是孩子们好玩
并没有抽丝剥茧造绸缎的意思
仅限于孩子们养一些白白的虫子
放飞自己的梦想

蚕卵一般黏在一张废纸片上
小屁孩把二哥送他的蚕卵裹成一个小纸包
里面放了一团小棉絮
夜里暖在枕头边，日里暖在胸袋里

暖了快一个礼拜了
也不知道小蚕虫是否孵出来
他看到伙伴们都已把孵出的小蚕虫
放进了一个小纸盒里养了几天了
他们每天采一些桑叶放纸盒里把蚕虫盖起来
天天放在书包里背着
美滋滋的，心花怒放似的开心
小屁孩心里急得痒痒的

小屁孩一直找不到一个纸盒子
干着急
昨天好不容易从赤脚医生手里
讨到一个小纸盒
这下自己的小蚕虫有安乐窝了
纸盒原是放圆圆滚滚的针药水瓶的
心想，我若把小蚕虫
养到针药水瓶那么大就好了
想着，小屁孩心里欢蹦着

今天太阳大
大家都坐在仓库的晒谷坪上
一起玩蚕虫
他们有的给蚕虫喂桑叶
有的抓住小蚕虫逗着玩
小屁孩趁着太阳大准备取出蚕虫
他先打开自己的纸盒

把摘来的桑叶铺在纸盒底
然后胆战心惊地把一个小纸包
从胸袋里掏出来
小心翼翼地慢慢打开
轻轻拿掉盖在外面的小棉絮
哇！纸包上爬满了黑乌乌的小蚕虫
小屁孩惊呼："我的蚕虫孵出来了
我的蚕虫孵出来了！"

小伙伴们听到惊呼声
大家连忙包围拢来，个个开着笑脸
帮着小屁孩把小蚕虫移到了纸盒里的桑叶上
小妹妹在拍手叫好
小屁孩盯着慢慢蠕动的小蚕虫
在仰着头啃着桑叶
一下就啃出了许许多多的小洞眼
可能是小屁孩把小蚕虫
包在纸包里太久，都饿坏了似的
小屁孩看着，眯眯地笑着
这时伙伴们一个个散开
都各自继续欣赏自己的蚕宝宝去了

小屁孩正沉浸在无比的喜悦中
一只大公鸡，不紧不慢
探头探脑地走过来了
定睛一看，原来是群爬动的小虫子

大公鸡兴奋不已
迅猛地伸出脖子一啄
把小屁孩手上的纸盒啄个翻转
掉在了地上，小蚕虫跟着撒在地上
大公鸡像恶老虎，狠命地不断啄食
一下，啄食得一个蚕虫也不剩

小屁孩还没反应过来
蚕儿一瞬已化为乌有
小屁孩又惊又吓，惊悚得目瞪口呆
像天空突降黑风恶魔，天昏地暗
把一个欢乐中的世界全卷走了
"哇哇"，小屁孩放声大哭起来
痛哭的声音，凄厉地摧倒村庄

这意外的变故
惊动了所有的伙伴
大家都始料未及，一个个抬起头
面面相觑，不知咋回事
当大家看到一只大公鸡
被尖锐的哭声吓到迅速逃走的情形
才突然明了

这时，伙伴们
拿着自己的蚕虫盒又围了拢来
捣蛋鬼机灵地把地上的纸盒捡起来

放到小屁孩的手上
捡了地上的桑叶垫在盒底
率先拿出三只蚕虫放到纸盒里
接着伙伴们一个个
都拿出几只小蚕虫放进纸盒中
一下，小屁孩的纸盒放满了蚕虫了
一个个蚕虫比原来的更大更多
越大的越白，有的都长筷子大了
圆滚滚的，可爱极了

跟着一起哭的小妹妹
先乐了起来
摇着哥哥的肩膀说："不哭了，不哭了
大家都送你小蚕虫了"
小屁孩用手抹去了眼泪
慢慢低下头，看着手上的纸盒
看到了大大小小一盒子的蚕虫
都已不是原来清一色的小蚕虫了
也没有原来自己的小蚕虫可爱了
尽管又有了一纸盒子的蚕虫
但小屁孩总也开心不起来

春天的太阳总是很美，很温暖
桃花梨花油菜花都开得很鲜艳
伙伴们都回家放好蚕虫
去田垄油菜田里捉蜜蜂去了

小屁孩盖好蚕盒
一只手握着蚕盒，一只手托着下巴
抬头看看太阳，眼睛光花花一片

光花，一点点，一朵朵
白白的，柔柔的，在天空飞
仿佛他看到了自己的小小蚕虫
不是被大公鸡吃掉了
而是提前长大，破茧而出，化作飞蛾
白白的，柔柔的
像白色的公主和白马王子
一对一对，飞上了天
仿佛自己拉着身边的妹妹也飞了起来
展动着翅膀，飞向梦的远方

（2020 年 5 月 4 日于洞口县图书馆）

连环画

小屁孩特喜欢看小人书
城里人说是连环画
连环画好稀奇，在小村子里很少有
小屁孩看的连环画
都是在县城读高中的大哥拿回来的
他把《地道战》都看了二十遍了
小屁孩天天盼着能看到新的连环画

这几天广播里老是在喊：
"知识青年下乡到农村去
接受贫下中农的再教育
那里是广阔的天地
那里可以大有作为"
跟着村里喇叭的声音
村子里一下来了两个知青
其中一个被生产队长安排住奶奶家
要同爷爷奶奶同吃住，同劳动
据说还是一个女孩，年龄不大
才十四岁

小屁孩，对知青很好奇
和伙伴们一起去奶奶家
想把小知青的情况探个究竟
他们在小知青的窗户下垫个石头
然后一个个轮流踩上去
从窗户的纸糊眼洞里偷偷看
大家都偷看了几次了，还没过瘾
因为小知青长得太漂亮了
她穿的衣服都没见过
像电影里的女明星

在小屁孩眼里
只有自己的妹妹最漂亮
他不关注小知青的漂亮脸蛋
也不关注她漂亮的衣服
他只关注有没有什么稀奇的东西
他往房间瞄了好几次，用眼光在扫射
在第五次侦探时，他突然发现了目标
那枕头下露出的那一叠白白光光的东西
不就是连环画么，如果说不是
你打死我都不相信
小屁孩兴奋了

小屁孩算计着
怎样才能把连环画弄到手

他谋划了很久，一直没有办法
一天，他一手拿根红薯，一手啃个红薯
想去奶奶家换碗饭吃
奶奶家也很少吃饭，今天碰碰运气
尽管生产队长说了，要好好照顾知青的生活
一天两餐，中餐也只能吃二两米饭
小屁孩流着鼻涕
高高兴地跑进了奶奶堂屋
突然，小知青从自己的房间走出来
"小朋友，我今天我用我的饭
换你的红薯吃，好吗？"

小屁孩愣了，琢磨了很久，一副很纠结的样子
"我想看连环画，不想吃米饭
姐姐你有连环画吗？"
啊，连环画？小知青很惊讶
"有啊，你想看，我马上给你拿一本来
不过你得把你手里的那根红薯给我吃才行"
小屁孩笑得裂开了嘴："好啊！
红薯，你拿去吧！"
一下交易成功

小屁孩也不顾吃奶奶家的饭了
一拿到连环画，就飞跑回了家
对小屁孩来说
看连环画是世上最美的事

躲在猪栏边柴屋的一角，不到一个小时就看完了
看完了，乐津津的，又看一遍
连续看了三遍
这次看的是《铁道游击队》
那些铁道英雄个个会飞檐走壁
在火车上偷武器，拿物资来去自如
与敌人智斗比玩游戏还爽
弄得敌人摸不着头脑，个个像傻瓜
小屁孩舒心地笑了

小屁孩在想
怎么才能再弄到小知青的连环画
乡下一天只有早晚两餐，没晚餐
且这个季节一天两餐都是吃红薯
一餐只吃两个红薯
小屁孩想用红薯换连环画
换了，自己就没得吃的饱了
只能饿肚子
想来想去，还是饿肚子好
反正不管怎么样得把小知青的连环画
都弄来看个够才行

小屁孩是这么想的，也是这么做的
他和小知青约定
一天两根红薯换一册连环画
其实小知青，从城里下来

妈妈一共只给了她十册连环画
怕女儿晚上孤独，到城里图书馆借的
小知青只喜欢《白毛女》和《红色娘子军》
其他都不想看，给谁看都可以

他们按约履行了三天
第四天，小屁孩不来了
等到天黑半夜也不见踪影
小知青很着急，半夜还亮着煤油灯在等
奶奶觉得不对，敲开小知青的门
问小知青怎么了，是不是想妈妈了
怎么还没睡？
小知青心里藏不住事
就一五一十把他们约定的事告诉了奶奶

奶奶一听，觉得不对
孙子又不外出，天天来
咋就不来了呢？肯定有啥事了
连忙迈开小尖脚，一跛一跛
奔向小屁孩屋里去
一边大喊："哈宝崽，背时鬼
你到哪里去了？"
一边叫唤大家赶快去找背时鬼
除了小屁孩爸爸和他大哥不在
其他人都在翻箱倒柜地找
找遍了屋里每个角落

和村里外里他可能去的地方
都不见人影
大家急得像热锅上的蚂蚁
飞天了？咋回事了呢？
一个巨大的疑问号从天上掉下来

小知青，更急
在自己房间急得团团转
突然，房间的纸箱里"咕咚嚓嚓"一响
小知青，以为是老鼠，紧张了一下
接着又"咕咚嚓嚓"一响
小知青很惊愕，马上用手握着煤油灯走过去
轻轻把纸箱一掀……
啊！一个大老鼠，背时鬼躺在纸箱里

小知青走出屋
惊叫着把大家喊来
奶奶赶在前面，摸了摸还有气
但奶奶觉得今天的问题有蹊跷
肯定问题不一般
天天好好的，今天出哒怪了
奶奶吩咐二哥
马上去把隔壁院子的赤脚医生叫来

赤脚医生火急火燎赶来了
翻开眼睛，摸摸脉，沉浸片刻

终于开口了：还好，你们发现得及时
我想是不是你们有三四天不给他吃的了
问题很简单，是饿久了，饿晕了
几天不吃东西，身体太虚了
如果再饿几个小时，人就没了
我给他打一强心针，让他醒过来
你们马上煮粥一碗给他喂了
明天休息一天就没事了
大家听赤脚医生说完，终于嘘了口气

第二天奶奶问小屁孩：
"你昨天为啥睡到小知青纸箱里了？"
小屁孩说，昨天他拿着红薯换连环画
找了一天，也不见姐姐
后来觉得好累
她房门又不锁，一推就开了
看到她的纸箱好漂亮的
我就想睡在纸箱里等姐姐回来
谁知她一直不回来，我就睡觉了

"唉，哈宝崽
昨天你姐姐到公社开大会去了
如果姐姐昨天不回家
你就没了
永远睡觉了"

奶奶望着哈宝崽，哽咽着

潸然泪下

（2020 年 5 月 6 日于洞口县图书馆）

光头面

吃碗光头面是小屁孩的梦想
小屁孩只听说过，还没看到过
据说这样的面食好吃得很
要到城里街上的面馆才会有
据说还有一种臊子面
更是好吃得要死
如果能吃上臊子面就成神仙了

一碗光头面一毛钱，一碗臊子面两毛钱
当时在生产队做一天工才值三毛钱
这个相当于现在的两三百块钱了
看来那个时候吃碗光头面
的确不是一件易事
但小屁孩早在心里暗下决心
一定要想法子吃上一碗光头面
实现自己的远大理想

想什么法子呢
卖谷、卖米、卖红薯、卖萝卜

这是不可能的事
他不敢卖，也没有卖的
卖也扛不起啊，想着想着
突然一只鹅"嘎嘎"地叫，让他一惊
顿时灵光一闪
是否可以卖鹅毛赚钱呢？
据说鸡毛不值钱
只有鹅的翅膀上的羽毛很值钱
鹅羽毛可以做羽毛球
而杀了鸡鸭鹅，毛都是大人拿去卖了的
猪的鬃毛也都是在杀猪匠
杀了猪后扯走了的
小屁孩是没有希望得到这些
但鹅经常掉羽毛
那最可行的办法就是捡鹅羽毛了
此外，侥幸捡烂铜烂铁也可以试试
想到这些，小屁孩心里一喜

从此，小屁孩天天盯着鹅的行踪
发现鹅一掉下毛，就捡起来
并穿东家走西家四处找关鹅的笼子
或在鹅走过的路上寻找
小屁孩，坚定了信心
最难也要坚持下去
果然不到半年就捡了一小袋鹅羽毛
拿去一称，正好半斤

拿到大队代销店买到了5毛钱
刚好值半碗光头面钱
小屁孩大喜，再坚持捡半年就成功了

小屁孩也想早点凑够钱的
但他侦查了自己家里，奶奶家里
什么铜锁、烂锅之类
早就被二哥偷去卖光买扑克牌了
他只有死心塌地捡鹅羽毛
一天下午，社员们
都去大队人民大会场开会去了
他走在田垄里寻鹅毛
突然发现前面一坨白白的东西
走上去一看，原来是一只死了的白鹅
小屁孩一下傻了眼
这鹅怎么死了呢？是不是吃错了东西
可能吃了老鼠药或农药吧
小屁孩一惊一喜，如获至宝
想拿走，又怕人发现
他往四周一看，没人
小屁孩不顾那么多了
慌忙解下衣服，摊在田地上
双手迅速地扯着鹅毛

扯了半个小时
小屁孩的手都扯麻了

但大部分鹅毛基本扯光了
剩下的是一些上不了手，扯不了的细绒毛
小屁孩立即把衣服包拢来
紧握在手上，直奔大队代销店
后面跟着一路风声

这一次，一下大获成功
竟然卖到 5 毛钱，真是喜出望外
不敢去想，老天长眼了
小屁孩揣着钱回到家
心里一直打鼓
不安地窝在卧室里
假装看书，做作业，一副老实的样子
晚上突然传来骂闹声：
"谁家的豆子鬼，打死了我家的鹅
扯了鹅毛去卖买板的钱啊"
小屁孩一听，全身打哆嗦

此事，过了一个星期
小屁孩心里才踏实下来
夜里时而偷偷去摸摸塞在墙缝的钱
还在不在
钱在那，还没飞走
塌下心的小屁孩开始谋划
哪天该去县城的街上吃光头面了
可县城还没去过哩

心想一个人去太孤单，有点害怕
找个伙伴去，就会给人家
白送一碗光头面了
走路去，还是坐班车去？
坐班车每人需要花一毛钱的车票钱
小屁孩心里纠结着

终于有一天，机会来了
大队广播里突然下通知：
"红星大队所有五十岁以下的人
明天都去县人民大会场开大会"
小屁孩一听，兴奋不已
心想这下可以跟着大人们一起去街上了
然后一个人偷偷溜去吃光头面
吃了，再跟他们一起回来
这个方案，切实可行

第二天，一大早大家出发了
从村后的枞山翻过去
大人们叽叽喳喳，一路歌声
个个开心露出笑脸
好不容易集体放下锄头，放下扁担
放下犁铧上一次街
花了一个小时，终于走到了大街上
街上车子喇叭声响
街道两旁人流挤挤，眼花缭乱

走过县人民政府大门口
再走了几分钟
大家就来到了县人民大会场
会场上人山人海，人声鼎沸
这时，小屁孩一溜烟跑出了人民大会场
消失不见了
像一颗粉尘飘浮在寻觅面馆的路上

也不知会开了多久
人们大都开完会就往回赶了
只有少数胆大的跟着公安和武警看枪毙人去了
没有人顾得上小屁孩
小屁孩父亲从不管他的
母亲一散会就四处找他
怎么找也没找着
母亲以为他跟着其他人回去了
谁知回到村子里，不见他的踪影
问遍了今天所有上街的人，都说不知道
母亲急得一边哭骂，一边团团转

大家见到小屁孩已经到了晚上八点了
小屁孩是哭着，被警察带回村子的
当时奶奶、哥哥和妹妹都正在四处哭喊他的名字
父亲刚刚开会回来
听到小屁孩丢失的情况在训斥母亲
当小屁孩从三轮摩托车里被警察抱下来时

双手在揉搓着眼泪

警察说，他一直在街上哭

嘴里嘟囔着"我的钱丢了，钱丢了

我要吃光头面！我要吃光头面！"

警察一琢磨知道是咋回事

马上带他去吃了光头面

不，警察见他不吃饱，还加了碗臊子面

小屁孩，这一次算是糊里糊涂的大获全胜

不仅是吃到了光头面，还吃到了臊子面

这是奶奶一辈子都还没有尝到的东西

可是最让他懊恼的是苦心的钱

怎么就弄丢了呢

这是一个谜

这个谜像臊子面的油腻

一直溜滑在他的喉管里

潜伏在他的血液

迷惑他一生

（2020 年 6 月 1 日于绿景小区）

觅　食

剁脑鬼父母今天都不在家
给舅舅家帮忙修房子去了
一大早就把小屁孩叫出去玩了
他们来到水库边上看人家钓鱼
冬天的水库水很浅，水库边下面
四处是钓鱼的
只听这里一吆喝，钓上一条大鲫鱼
哪里一吆喝，钓上一条大鲤鱼
剁脑鬼已两个月没吃荤了
看到鱼就流口水，肚子饿
盯着那些鱼竿，皱上纹头
突然心头一亮，似想到了
一种令人心兴奋的事
顿时抬腿就跑，边跑边对小屁孩说：
"你等我一下，
我去家里拿点东西就来"
小屁孩莫名其妙，愣愣地
看着他飞跑而去的影子

大概过了十几分钟

剁脑鬼从家里抱了一只猫来了

走到小屁孩身边使了一个眼色

"跟我走，看看他们都钓了多少鱼"

小屁孩跟着剁脑鬼

挨个去查看钓鱼人装鱼的桶子

前两个，看到桶子里是鲤鱼

瞥一眼就走了

第三个，桶子里全是鲫鱼

剁脑鬼突然把小屁孩一脚踢倒

小屁孩正好把桶子撞个翻滚

鱼倒翻出来，小屁孩摔倒在地

剁脑鬼马上把猫丢在地上

说时迟，那时快

猫"嗖"地奔过去

一口咬着一个胖鲫鱼，飞也似的溜走了

剁脑鬼见状，连忙拉起小屁孩

往猫跑的方向奔去

小屁孩还没缓过神来

已跟着剁脑鬼跑出一丈之外

只听后面骂骂咧咧：

"豆子鬼，抓到要搐死你"

接着跺脚声，追赶的脚步声

一齐跟过来

小屁孩吓得飞奔，一下

跑到剁脑鬼前面去了
"快回来，快回来！鱼又咬钩了"
这时追赶声马上停了下来
哈哈，追的人跑回去了

猫，看到他们拼命地追赶
急得慌了，咬累了，丢下鱼跑开了
蹲在一边，盯着剁脑鬼"喵喵"地叫着
鱼还在蹦跳着，身上沾满了尘土
剁脑鬼，赴上去
一把抓住鱼，咧开嘴笑了
小屁孩累倒在一棵树脚
歇下来，呼着粗气
看着剁脑鬼向他走过来得意的样子
终于明白了他的诡计
也咧开嘴，舒心地笑了

为了避开再次被追来的风险
他们跑进山林深处
剁脑鬼招呼小屁孩
赶快用手捞枞树叶，捡干树枝
准备一起烤鱼吃
剁脑鬼折了根湿枞树枝塞进鱼口里
从怀里摸出火柴盒，一下
好就把柴堆点燃了
烤不到几分钟，就闻到了香味儿

鱼，烤得"嗞嗞"响
两个人的心乐开了花
两个人的嘴一边说着话，一边流着口水

没多久，一个怀崽的大鲫鱼就烤熟了
剁脑鬼把鲫鱼放在草地上
摸出身上的裁纸刀
划开，切成小块，一声"吃！"
两个人用手抓着乐滋滋地吃起来
一边吃，一边吐着鱼骨头
这时躲在一边偷窥的猫
"喵喵"，慢慢跑了过来
穿行在两个人的身边
"喵喵"不停地叫着
跟着他俩口水吐出的方向
舔吃着细细的骨头

今天，大功告成
虽然吃得很香，但引开了胃口
所以肚子仍然饿着
剁脑鬼眼珠子滑溜溜的转
肚子里咕噜着新的谋划

两个鬼精，又出发了
他们边走边看太阳
太阳已偏西了，早过了午饭时分

走过一片田垄，跨过一条水圳
爬上一个坡，到了一片花生地
这是他们自己生产队种的花生
看看花生叶，应该花生都快长熟了
他们滞凝了一下，往四周瞄了一眼
没人，剁脑鬼蹲下去，扯两兜花生就跑
小屁孩也跟着扯了兜
突然一只狗，"汪汪"地跑过来
小屁孩以为狗后来跟来了人
第二兜还没扯出来，就撒腿飞奔

他们跑到了一棵大桐树边的土坎下
躲起来
歇了歇气，眼睛四处盯了盯
不见狗影，也不见人影
哈！没事。攞下花生，剥开吃起来
吃得满嘴泥土，嘴角里冒着白浆
不时发出"咯咯"的笑声
此时桐树叶子，也拍着手板在笑

轰！突然一声炸响
像放炮，像雷响，惊得耳朵发蒙
响声停了好一会
突然传来人们的喊声
"爆弹响了，爆弹响了
一定是有人偷花生了，大家快去看哦！"

两个小鬼精趴在地上吓得不敢动弹

原来每年花生快长熟时
生产队都要到花生地里布放爆弹
严防偷花生的贼
今天一只狗看到了小屁孩和剁脑鬼
在花生地里，便跟过来
以为他们拉了屎，或带着什么好吃的
等他们两个人跑后，四处找，没找到什么好吃的
抬头一望，突然看到前面一根木棍上
吊着一坨东西
那东西正好像一筒黄黄的屎
狗，扑过去，一口咬住
正想吞下去，"轰"，炸了
把那老黄狗的口炸开了，血肉横飞

人们赶到时，发现是误炸了一只狗
狗死了，大家大喜！
因为禁地里炸死的
不管是猪狗猫，还是鸡鸭鹅羊，都归公
都由队里统一按口粮标准分来吃
这样一来，大家都可以一饱口福了
于是，花生地里，立即一片欢呼：
"有狗肉吃啰，大家今天可以打牙祭了！"

吓坏了的小屁孩

听到是炸死了一只狗
肯定已消除了社员们对他们偷花生的嫌疑
这才松了一口气，安心地跑了过去
生产队长也来了
他立即安排了两个劳动力
马上去处理这只狗
两个劳动力，抬起狗就走
小屁孩和剁脑鬼
还有刚跟着大人们赶来的一群伙伴们
一起跑去看热闹去了

火烧火燎，剐，剁，砍，剁
通过一整套手续
花两三个小时才把一只狗弄干净
把狗肉摆弄好，会计一算
按人口算，平均每户大约有半斤
等狗肉分到各家各户的锅里
已到晚上了

人们散工回到家
第一件事就是炖狗肉
剁脑鬼父母不在家
自己一个人在家炖狗肉
小屁孩在家狗肉没吃饱
又偷偷跑到剁脑鬼家

两个人守着一锅狗肉

总算都饱餐了一顿

（2020 年 7 月 20 日于绿景小区）

一块肉

秋收的田野上，一片空阔
伙伴们都在玩纸飞机
小屁孩和妹妹在玩纸风轮
他们在奔跑着
一根高粱棍支着风轮
像飞机的机翼的轮子在飞转着
天上的大雁，排着阵容
变换队形，赶着时间在南飞

小屁孩很久不吃猪肉了
心里慌，全身不长力气
一下便累了
在田埂上坐下来歇息
突然看到前面的田埂上
父亲提着一块猪肉走来
白里露红的猪肉大概有两三斤重
小屁孩兴奋起来
拉上妹妹迎上去
高喊：今晚有猪肉吃啰！

今晚有猪肉吃啰!

大家看着小屁孩和妹妹奔跑的身影
都眼睛发直,忘了玩纸飞机了
愣了一会儿
也都跟上去
眼睛都盯着小屁孩父亲手上
那块晃悠的猪肉在晃悠
等快跑到父亲身边时
一心只顾抬着头奔跑的小屁孩
一不小心,摔倒了
一下,滚到田边的小溪圳里去了
小屁孩在溪圳里随水翻滚
妹妹吓得大哭起来
父亲连忙奔过来,什么也不顾了
一把,把小屁孩从溪圳里捞上来
可是猪肉却掉进溪圳里了

小屁孩躺在地上
过了好一会儿,突然咳嗽了几声
然后喷出一口水雾
停了一下,眼睛一亮,眼珠转动起来
马上从地上一爬就起来了
口中念叨:"猪肉!猪肉!"
父亲愤愤地说:"猪肉跑不了!

等会老子去捞。笨蛋崽子
只知道念着吃，没出息的东西"

父亲，不管小屁孩
在溪圳里捞猪肉去了
这时大家都围着圳边
盯着小屁孩父亲的身影走
个个心里在想，若捞不上来该多好
等会自己偷偷去捞
小鬼精们的美梦还没做到一半
父亲就在溪圳的潭坑里
把猪肉捞出来了
大家同时大呼："捞到了，捞到了
哇！怎么这么大一块肉啊"

这时太阳已下山了
父亲高兴地提着猪肉走在回家的路上
伙伴们都散了
小屁孩和妹妹跟在父亲背后
唱起了《大海航行靠舵手》
看到了一片霞光
在天边挂上了彩虹

父亲回到家
把猪肉放在厨房的砧板上
又出门到大队处理问题去了

妹妹在厨房眼睛亮亮的
守着砧板上的那块猪肉
心怕猫狗衔走了
过了一下母亲做工回来了
母亲看到猪肉，连忙淘米煮饭
招呼小屁孩妹妹烧灶火
母亲切碎了猪肉，马上找辣椒炒去了

秋天的天确实有点凉了
小屁孩一回到家就一身发抖
自己马上找衣服换了
可一走出堂屋
眼睛就花了
一下晕倒在门槛边上
这时月亮挂到了堂屋前面的天空
多像一块白白的猪肉啊
星星，就像是剁碎的猪肉沫子
盛满了一锅子

等饭熟了，猪肉炒好了放在了桌上
妹妹在喊小屁孩吃饭
怎么喊，也不应
母亲在大骂："小鬼精又到哪作死去了"
这时剁脑鬼突然从哪里冒出来大喊：
"婶婶，快来！快来！
你家背时鬼倒在门槛边一动不动了"

母亲连忙跑过去
只见脸红红的
一摸，额头烧得火轰轰的
母亲马上把背时鬼抱到床上
吩咐妹妹看着
飞也似的找赤脚医生去了

赤脚医生来后
打了针，不到半个小时
小屁孩醒来了
嘴里不停地咕隆："肉，肉，我要吃肉"
母亲立即把小屁孩抱到饭桌边坐下
骂道："肉在这，快吃、吃、吃
你今天撞到鬼了啊，怎么就发高烧了？"
等妹妹说明了原因，母亲又开始骂父亲了：
"你爷老子也是一个黑心鬼，天天忙个鬼
一个家都不要了"

小屁孩，不管母亲骂不骂的
一边吃肉，一边看着妹妹做鬼脸
妹妹胆怯怯地，也跟着吃起肉来
赤脚医生走过："小鬼精，身体还没恢复好
少吃肥肉，多吃点精肉，我走了"
母亲不好意思地客道几句
送走了赤脚医生

闷声闷气地坐下来，眼睛湿湿的
看着小屁孩和妹妹吃肉的样子

（2020 年 8 月 31 日于绿景小区）

神奇的生命（跋）

我常在思考，总觉得生命很神奇。它们以各自不可知的形式存在着，日新月异，不断衍生繁殖。它们有各自的语言、语音，有各自的基因密码，千差万别，千奇百怪，各存其异。我们人类也一样，也是这些怪异生命中的一种，也同样存在各自差异和各自差异的神秘之处。

生命从哪里来？我们只知道它们活在地球上的真实。有人认为，生命来自海洋，来自海洋中的水里，从海水里衍生出来。那水从哪里来？科学在论证，生命从空气中气流的爆炸形成的化合物中来。那这些气流又从哪里来？科学家说，它们来自各种元素形成的物质所产生的化合物。这就牵涉到元素与物质如何存在的问题，那么物质元素的存在是不是由我们所说的上帝从什么地方带来的呢？我不想去追究这些东西的存在来由或源头了，因为那是人类生命无法追究到头的，我只想探究这些存在的东西相互关系的好玩性、神秘性、诡异性、灵异性，它们那么让人着迷、有趣，从而让我在有限的生命存在过程中，有点核质，而不是虚无地飘过。

鸟，是自然界的一种奇怪的生物。我从小就对鸟感兴趣，为鸟着迷：它们为什么有翅膀？它们为什么能飞？而我为什么不能飞？为什么我就不能变成一只鸟？难道真是上帝的安排？上帝真能安排谁成为什么的问题么？除了鸟，自然界还有许多有翅膀的生命，但不是有翅膀的就都能飞上天空。可是凡是有翅膀的生命，它们似乎有共同相通的语音、语言，它们的叫声很微妙、神秘，它们的羽毛抖动都在表达某种不可言喻的意思。鸟的这些声、形表达，为什么我们不懂？难道就没有破解或翻译的途径？我想是有的，尽管我们人类觉得自己很聪明，但我们所谓的聪明对它们是没有意义的，也许除了危害它们，别无他益。我认为，生命的发展，最后会达到所有生命的相互沟通，然后互通语音、语言，做到互通信息、互相交流，共谋发展与生存的空间。

　　我认为生命既然来自于海洋，来自于水，来自于天空之气，那么阳光、雨水、风就应该是生命产生的三要素。阳光穿过亿万万光年来制造生命、维护生命、延续生命，是带热度来的，如果没有一定的热度，它就会半途消亡，生命的产生恰到好处地接收到了这种恰如其分的热度。这种热度在造气，在分解物质、在分离元素、活化元素，让其重新组合，生成各种化合物，形成生命的要素之气。有了气，气在一定的热度里制造出水，有了水才有雨，雨只是水在一定热度中变换自己存在的空间或方式中的现象。地球上的物质在一定热度之下的变化中不只是形成了水，还形成了其他的固体和气体。气体有不同的位置存在，存在空中的气体所面对的阳光温度有不同，自然形成了气流。气流就是我要说的风。阳光、雨水、风，它们也是一种生命、一种生命体，它们是制造生命的生命体。它们制造生命，存在于生命产生、繁衍、死亡、再生的过程之中。生命的存在与延续，生命的新生、再生与进化，它们三者缺一不可。我们的生命和生命的产生或延续只是它们三者运行中产生生命时给我们的一种偶然，我们只是或然的一种偶然存在。它们也应该有它们的默契与共同的语音、语言，有它们的思想与情感世界，这些应该就是我们人类和所有其他生命的语音、语言、思想、情感形成的基因所在。我们源于一个宇宙空间、一个世界、一个地球，那么必有同一种共同的原始基因密码，必将最后达到共同沟通的可能，并实现生命在所有生命个体之间的互相转换而达到永恒！

　　生命在初始的时候，总是幼嫩的、幼稚的、幼小的、柔弱的、可笑的、可爱的，它们总是不自觉的按照一种自然的、不觉醒的方式去生存或存活。它们给人展示的是一种美好的世界和存在的理想方式。我们不知道来自哪里？只知道父母生下我们，知道生命来之不易，要懂得尊重父母、尊重生命，要知道感恩生命、孝敬父母，等等。所以，我们懵懂地来到这个世界，懵懂地按照前人的规则去生活。我们还无法超越前人，找到另一种规则的生活方式。应该说，我们的生命或人类的生命，其生活、生存的方式是无限可能的，只是我们的先辈只给了我们一种方式的引导，没有给我们多项的选择性，这种惯性思维，局限了我们的生存方式、生活方式与活着的空间。也许新的人类或生命或另一种存在于其他星球的生命，它们或他们有各种存在方式，它们或他们的生存、生活和空间与地球上的一切生命是完全不同的。也就是说，生命的存在和生存、生活方式的不同存在，应有无限性的可能，同时任何生命的一种存在方式与延续，都是无数或然中的一种偶然。

（2022 年 4 月 5 日晚写于雪峰山下·绿景小区4A502 陋室）